猫の従者は王子の愛に溺れたい

金坂理衣子

幻冬舎ルチル文庫

CONTENTS ✦目次✦

猫の従者は王子の愛に溺れたい

猫の従者は王子の愛に溺れたい……5
あとがき……254

✦カバーデザイン＝久保宏夏（omochi design）
✦ブックデザイン＝まるか工房

イラスト・金ひかる✦

猫の従者は王子の愛に溺れたい

仄《ほの》かな蠟燭《ろうそく》の明かりでもきらめく銀の髪は、月夜の雪原を思わせる美しさ。

長い足を組み、椅子《いす》の背もたれに背中を預けて本の頁《ページ》をめくっているローアシアの髪を梳《くしけず》りながら、レミンはそのなめらかな手触りと美しさに心の中でひっそりと感嘆する。

——銀色の髪なんて、リモー国では見たことがなかったな。

レミンの故郷のリモー国は深い谷に囲まれ、あまり他国との交流が盛んではなかったため人種の多様性に乏しい。

レミンのような亜麻色《あまいろ》の髪に金色の目、もしくは目も髪も茶色の人がほとんど。森の一族の血を引く者は黒い髪に緑の目だったりするが、それもごく一部だけ。

大陸の中で最も広大な領土を持つこのベアリス国では様々な人種が入り交じるが、それでもローアシアほど美しい銀色の髪は珍しいそうだ。

髪ばかりではなく、ローアシアはすべてが美しかった。

はじめて城の大広間でローアシアと対面したとき、レミンはその幻想的な美しさに、真冬の森で銀狼《ぎんろう》に出会った時のような衝撃を受けた。

くっきりと彫りの深い目元に澄んだ水色の瞳は物憂げでどこか冷たく、肉感的な唇は固く結ばれ、近づくものすべてを拒絶しているかのよう。長身に見合う均整の取れた身体《からだ》には、豪華な金糸で国の紋章である翼を持つ馬の刺繍《ししゅう》が施された膝下まである長いサーコートがこの上なく似合っていた。

神聖で触れがたい姿を前にして、レミンはこれからの試練に目の前が真っ暗になった。

レミンに課せられた使命は『ローアシア王子の愛を得ること』。

一介の従者で、しかも男の自分がこんなにも美しい王子に愛されるなんて、絶望的に思えた。

けれど、やらなければ。

大切な人を救うにはそれしか方法がないのだから、と己を奮い立たせた。

ベアリス国のローアシア・ウェル・ベアリス王子と言えば、妹の金色の髪のシャスカ姫と並んで『金の糸と銀の針』と称される美貌《びぼう》の持ち主として、近隣諸国に広く知られていた。

もう二十二歳と王位継承者なら結婚していてもおかしくはない年齢でありながら、どんなに美しい姫にも心を動かさず、未《いま》だに婚約者すらいない。

大国の王子に取り入ろう、或《ある》いは誑《たぶら》かそうと美女や美少年を献上する者は多いが、誰もローアシアの心を摑《つか》めず、一度はお手がついても再び閨《ねや》へ呼ばれる者はいなかった。

敵対国が名うての高級娼婦を送り込んだときも、一夜の伽《とぎ》しか許されず、彼女は王子に恋い焦がれて悶死《もんし》したなどという噂《うわさ》まである。

従者も気にくわなければすぐにやめさせてしまうそうで、長続きしない。

誰も信じず誰も愛さないローアシアは、いつしか『愛を知らない氷の心を持つ王子』と呼ばれるようになった。

レミンは、自分がそんなローアシアの従者になれたことが未だに信じられない気持ちだった。

――髪に触れさせていただけるようになっただけでも、奇蹟みたいだ。

絹糸のような銀の髪は、触れているだけで気持ちがいい。レミンが用意した椿油《つばきあぶら》を染み込ませた黄楊《つげ》の櫛《くし》で梳《す》くようになってから、さらに輝きを増したように思う。

軽く肩にかかる長さの髪は、戦いの際に首を守る役割もあるそうだ。

せいぜい数年に一度、国境付近で小競り合いがある程度の小国育ちのレミンは、ただ美しいから伸ばしていると思ったのだが、防御のためなら美しいだけでなく豊かでなければならない。抜けないよう、慎重に慈《いつく》しむように梳く。

――誠心誠意お仕えして、なくてはならない存在にならなければ。

そのためにお世話をしているということを忘れそうなほど美しい髪は、いつまでも触れていたいと思うほど。

だがローアシアが「ふっ」と大きく息をついたのに気づき、櫛を持つ手を止めた。

――いけない。長くかかりすぎた。

ローアシアは自分から要求をすることがほとんどないので、僅《わず》かな仕草や表情から気持ちを読み解かなくてはならない。

髪をとかした後は、寝るのに邪魔にならぬよう緩く編み込む。

「きつくはございませんか？　――他にご用がございましたら、お申し付けください」

髪の結い方に不満はないか、他に何かすることはないかと訊《たず》ねてみたが、ローアシアは無

言で立ち上がりベッドへ向かう。

「お休みなさいませ。ローアシア様」

頭を下げるレミンに、ローアシアは挨拶を返すどころか視線すら寄越さず布団に潜り込んで目を閉じる。

眠るローアシアの伏せた長く豊かなまつげも銀色で、そのうっとりするほどの美しさはいつまでも見ていたいほど。

歯並びのよい口元がほころべばどれほど美しいだろうと夢想するも、その唇が開かれることすらほとんどない。

――今日も、ろくにお言葉をいただけなかったか……。

自分のふがいなさにそっと嘆息し、レミンはベッドサイドの燭台《しょくだい》の明かりを消すと静かに一礼して部屋を後にした。

廊下に出ると、闇の中に白いハートの模様が浮かんでいた。それはするりとレミンの足元へ近づき、ニャンと小さく鳴いて身体を擦《こす》り付けてくる。

「パスト様。こんなところで待たれずとも、先に部屋へお戻りになってくだされればよかったのに」

パストは、胸元の毛の一部だけが白い黒猫だ。白い部分がなければすっかり闇に溶け込んでしまうほど漆黒の毛を持つ優美な猫。

しかしパストは、ただきれいなだけの黒猫ではなかった。

「その名を口に出すな」

パストは深い森を思わせる神秘的な緑の瞳でレミンを見上げ、自分の名を呼ぶことを人の言葉で禁ずる。

「申し訳ございません。――猫様」

レミンは話す猫に動じることなく、恭《うやうや》しく頭《こうべ》を垂れて呼び直す。

「猫様も、このような場で話されるのはお控えください」

「ふん。面倒なことだ」

ぷいと顔を背けて歩き出したパストに、レミンは慌ててついていく。

階段脇の小部屋にたどりつきパストと自分だけになると、ほっと肩の力が抜ける。

普通、城の召使いは複数の者と相部屋だが、レミンは「猫様が引っかくといけないから」と一人部屋を与えてもらった。

しかし本当の理由は、パストが人の言葉を話せる猫だということを知られないようにするためだ。

パストが人の言葉を話せるのは、夜空に月が輝く間だけ。

その僅かの間にお互いに知り得た情報を交換し、今後の対策を練らねばならない。

元は季節物の敷物などを詰め込んである物置だった粗末な部屋だが、パストと心置きなく話せる場所があるだけでありがたかった。

寝返りを打つのがやっとの小さなベッドに腰掛けると、パストが膝の上に乗ってくる。

「あのクソ王子にいじめられやしなかったか？」

「はい。いじめていただくどころか、まったく相手にされておりません」

「いいんだか悪いんだか……」

今日も決められた用事をこなしただけで、命令一つもらえなかった。

低いがよく通るあの声で、名前を呼んでもらえる日なんてくるのだろうかと不安になるが、そんな弱気を吹き飛ばすべくレミンはわざと明るく顔を上げる。

「ですが、拒否はされておりませんので希望はあります！」

「おまえはいつも前向きだな」

側《そば》にいられれば、少しずつでも心を開いてくれるかもしれない。いや、絶対に開かせてみせると意気込むレミンを労《いたわ》るように、パストはすりすりと身体を寄せる。

「お気遣い、もったいのうございます。今日はよいものも手に入りましたし、気分がよいのです」

「ほお、何だ？」

「ローアシア様の御髪《おぐし》でございます！」

ポケットに隠して持ち出した数本のローアシアの銀色の髪を、レミンは得意げに取り出す。

こんなに長いのを手に入れたのは初めてだ、と喜ぶレミンにパストは口を半開きにして呆《あき》れかえる。

「おまえ……そんなものどうするんだよ」

「愛する人の御髪を身につけるのは基本。まずは形から入ろうかと」

互いの髪を持って相手を想うのは、愛し愛される者達の定番。そうなれるよう、まずは自分がローアシアの髪を身につけていようという算段だ。

「まだほんの数本ですが、もう少したまればペンダントにでも入れて持ち歩こうかと。いずれは、ローアシア様にも私の髪を身に着けていただけるようにがんばります！」

「そうか……。俺のせいで大変な目に遭わせて、すまない」

「とんでもないことでございます！　私がパスト様――いえ、猫様をお一人にしたばかりに、このような事態になったのですから」

このしゃべる黒猫の正体は、リモー国第三王子のパスト・デモル・レア・リモー。元々はごく普通の――いや普通よりずっと美しい人間の王子だった。

レミンはその従者であり、乳兄弟《ちきょうだい》でもあった。

山間部に位置するリモー国は、林業のほかは茶葉に薬草の栽培と大した産業もない小国だ。しかし深い渓谷が自然の要塞となり敵の侵入を防ぎ、さらに周辺諸国の森を渡り歩いて森を知り尽くした『森の民』とも友好関係を築くことで、小さいながらも独立を保っていた。

近年ではもっとも古い森の民『レア族』の長《おさ》の娘ルーアをエルト王が后《きさき》として迎えたことで、さらに森の民との関係が強化され、平穏な日々を送っていた。

ルーアはエルト王との間に三人の息子をもうけたが、上の二人は父親似で茶色の髪に金色の目だが、末のパストだけが母親と同じ黒い髪と緑の目を持って生まれた。

二人目まで安産だったルーアだが、三人目のパストはひどい難産で、産後の肥立ちも悪かった。出産の際に、ルーアは自分についていた精霊の守りが生まれてくる子供へと移る夢を見たそうで、自分の不調はそれが原因だと信じていた。

真偽はどうあれ、体調不良で母乳が出ないルーアに代わってパストを世話する乳母が必要となり、乳の出がよかったレミンの母親のスーリンが雇われた。

スーリンは貴族の出身ではあったが両親はすでに亡く、夫だけが頼りだった。その夫も貧乏貴族の四男で親からろくに財産をもらえなかったため、騎士として城の警備に従事した。

真面目《まじめ》で働き者の夫とつましくも幸せに暮らしていたスーリンだったが、夫はレミンが生まれて間もなく、暴走した馬車を止めようとして亡くなり、若くして寡婦となった。

他に頼れる身内もいないスーリンは、一人でレミンを育ててゆかねばならなくなった。

貴族の女性が生きていくには結婚するか修道女になるか、或いはより身分の高い女性の世話係になるくらいしか道はない。

しかし乳飲み子を抱えていては、修道院には行けず世話係の仕事もできない、と途方に暮れていたスーリンに、乳母の話は願ってもないことだった。

本来ならば、下級貴族出身では王子の乳母のような大役は任されない。

だが上の二人を自分の母乳で育てたルーアは、乳母が必要になるとは思っていなかったが急遽必要になったのと、若くして寡婦となったスーリンの境遇を気の毒に思っての話だった。

その恩に報いるべく我が子を差し置いてでもパスト王子をお守りする、と献身的な育児が認められ、乳母の必要がなくなってからもスーリンはルーアの侍女として働くことになった。

そして息子のレミンは、乳兄弟としてパストと一緒に育つことになったのだ。

「私と母の今があるのは、パスト様とルーア様のおかげ。そのご恩を少しなりともお返しできるのならば、どんなことでもいたします！」

「それはありがたいが、おまえをあんないけ好かない王子にやらなきゃならんとは……」

「ローアシア王子の愛を得て、必ずやパスト様を人間に戻して差し上げますので、今しばらくご辛抱を」

「こんなことにニャるニャンて……」

項垂《うなだ》れて愚痴《ぐち》をこぼしたパストだったが、自分自身の珍妙な言葉遣いに驚いて顔を上げる。

「って『ニャるニャン』ってニャンだ！　って、またぁ！」

「落ち着いてください。その……猫ですから仕方がないです」

「気を抜くとこうなるのか、なぁ」

また語尾が『ニャア』になりそうだったのか、パストは意識して言葉を話す。

「このままだと、俺は身も心も猫になってしまうのか？」

「そんなこと！　そんなこと絶対にさせません！　私が呪いを解いてみせます故《ゆえ》、今しばらくのご辛抱を」

珍しく弱気になるパストに、レミンは力強く拳《こぶし》を握る。あの日、パストを守れなかった己の失態が悔やまれるが、過ぎたことは戻らない。

今できることを精一杯やろうと前を向くレミンに、パストは信頼しているとばかりにすりすりと身体を寄せる。

「猫にされてから、もう二ヵ月ほど経《た》つのか。あの日も、月のきれいニャ夜だったな……」

窓から差し込む明るい満月の光に目を細め、パストはため息交じりにこの奇禍《きか》の始まりの夜を思い返した。


大陸の北側に位置するリモー国の夏は短い。そんな僅かな夏の夜を楽しむように、パストは城の城壁の外にある川縁《かわべり》の東屋《あずまや》で涼んでいた。

城壁の外とはいえ、城は深く大きな川にぐるりと取り囲まれていて、正面の吊り橋を上げてしまえば外部からの侵入者が入り込むことはできない。東屋の周りには適度に木も茂っているので、城壁の上からも見えづらい。

一人静かに月を愛《め》でるには絶好の場所だ。

リモー国では成人とされる十八歳を過ぎた頃から、パストはうるさく見合いの話を持ちかけられるようになった。

王子といえども小国の三男なんて大した見合い話はこないものなのだが、パストはまれに見る美貌の持ち主であったため、各国の姫からぜひ婿《むこ》にと熱望されていた。

漆黒の髪に、深い森を思わせる緑の瞳。きめの細かな肌は、雪のように白い。

細くしなやかな身体は一見頼りなげだが、弓の名手で飛んでいる鳥の羽を射貫いて、身体を傷付けずに落とすことができるほどの腕前。

その美貌は諸国にとどろき、東のトキヒト王子、西のローアシア王子、南のアストジャマル王子、そして北のパスト王子の四人は『四大美男王子』と呼ばれ、周辺諸国の女性たちの憧れの的だった。

肖像画だけでなく、絵姿を写した書物まで売られるほどの人気ぶり。

その人気に乗じ、父王や兄たちは少しでも自国に有利になるような姫との縁談を勧めてきたが、パストは見た目だけで判断して言い寄ってくるような相手には興味が持てなかった。

見た目に囚われず魂で惹《ひ》かれ合う女性と結婚したい、と密かに願っていた。

しかし、小国の王子が結婚相手を自由に選べるわけもない。

「まあ、叶《かな》わぬ夢だよな。——レミンか？」

微《かす》かに人の気配を感じ、忠実な従者が自分を捜しに来たのかと振り返ったが、そこにいたのは全身黒のドレスを纏《まと》った妙齢の女性だった。

月光が生み出す木の影に溶け込み、女の白い顔だけが浮かんでいるようで不気味だったが、パストは冷静に問いかける。

「どうやってここへ来られたのでしょう？」

「あなた様の美しさが、私をここへ呼び寄せたのです」

パストの問いに、女は木陰から歩を進め全身を月下にさらした。

波打つ豊かな黒髪は肌の白さを際立たせ、潤《うる》んだ紫の瞳に赤い唇は艶《なま》めかしく、夜が人の姿になって現れたかのような、ぞっとするほどの美女。

これほどの容姿の女性なら目立たぬはずはないが、城内で見かけたことはない。

誰かが手引きしたか、本人が門番を買収して入り込んだのか。

どちらにせよ単身で会いに来るその勇気と行動力は称《たた》えたいが、動機は受け入れがたい。

「見た目だけで評価されるのにはうんざりしているんですよ」

「私の目に適《かな》ったことを光栄に思いなさい」

高慢な言いように呆れたが、その態度から余程力のある国の姫君だろうと察せられ、面倒なことにならないよう下手《したて》に出る。

「お付きの者はどちらです？　お送りしましょう」

それなりの身分の女性をむげにも扱えないが、相手をしてやる義理もない。

丁重にお帰りいただこうとするパストに、女はにっと目を細める。

その目が、妖《あや》しい光を放ち出す。

「私の前に跪《ひざまず》き、手を取りなさい」

炎のように揺らめく紫の瞳にじっと見据えられると、自分の意思とは関係なく身体が動く。

彼女に近づき膝をついて差し出された手を取ろうとしたところで、鼻孔《びこう》に届いた奇妙な匂《にお》いで正気に返った。

立ち上がって後ろに下がるパストに、女は驚いた様子で目を見開く。

「おまえ、どうして私に逆らえるの？」

「高慢なおばあさん。あなたからは、香水ではごまかせない老婆の匂いがするね」

「何ですって！」

彼女のきつい香水の匂いに、古びて黴《か》びた匂いが混じっている。

普通の者なら気づかなかっただろうが、パストは子供の頃から他の人が気づかない『何か』に気づくことができた。

「母上が言うには、私には『森の精霊の守り』がついているそうでね。魔術なんぞでたぶらかされはしないよ」

目の前の美女は、見た目は若々しいが実際はかなりの年寄りのはず。そんなまやかしができるのは、魔術に関わる者に違いない。

魔女なんてお伽話《とぎばなし》の中の存在と信じていなかったパストだったが、今目の前にいるのはただの人間ではないと、ひしひしと感じる。

相手は怪しげな術を使う魔女だ。何をしでかすか分からない。

全身の毛が逆立つような不快感に、背中を冷や汗がつたう。しかしそれを気取《けど》られないよう、冷静を装う。

「正体はばれたんだから、大人《おとな》しく帰ってもらえませんか？」

「精霊の守りですって？　精霊ごときの力で私に逆らえると思っているなんて滑稽だ」

「実際、惑わしきれてないじゃない。魔女なんて大したことないね」

「なんですって！」

美しい花にはとげがあるとよく言われるが、パストも美しい顔に似合わぬ毒舌家だった。

その事実を知っているのはずっと一緒に育ったレミンくらいで、普段は上手に隠しているのだが、母親の故郷の精霊を悪く言われてつい素が出てしまった。

平時に帯刀などしていないし、声の届く範囲に衛兵もいない。じりじりと後退《あとじさ》るパストに、侮辱された魔女は額《ひたい》に青筋を立てて詰め寄る。

怒気に黒い髪は蛇のようにうごめき、目は爛々《らんらん》と地獄の炎のように輝く。そして大きく開かれた赤い唇からは、呪いの言葉が迸《ほとばし》る。

「猫のように生意気な王子め！　魔女を侮辱したことを後悔するがいい！」

何を思いついたのかニタリと嫌な笑みを浮かべた魔女は、長く鋭い爪《つめ》をパストに向かって突き出した。

そこから放たれた稲妻《いなずま》のような光に包まれ、パストはその衝撃で地面に倒れ込んだ。

「……な、ん……」

「パスト様？　そちらにおいでで？」

こんなときに、パストを捜しにレミンが来てしまった。先ほどの光に気づいたのか、声が近づいてくる。

レミンも丸腰で、魔女と戦えるはずはない。

「レ、レミン！　来るニャッ！　……くる、ニャ？」

レミンだけでも逃がそうとしたが、パストは自分の身に起こった異変に気づいて言葉を失った。

地面についた手は、なめらかな黒い毛に覆われ、丸い。手のひらにはぷっくりとした肉球。

これはまるで、猫の手だ。

驚いて自分の身体を見回せば、手だけではなく胴体も胸元だけ白いが他は黒い毛に覆われている。おまけに、長いしっぽまで生えていた。

幻かとも思ったが、しっぽは自分の意思でゆらゆらと動かせる。

「え？　……ニャンだ？」

「パスト様？　何事でございます？」

パストが信じられない事態に呆然《ぼうぜん》としている間に、レミンはパストと魔女のいる場所まで来てしまった。

声はすれども姿の見えないパストを捜して辺りを見回したレミンは、黒いドレスの女性に気づき胸に片手を当てて丁重に頭を下げた。

「ご機嫌麗《うるわ》しゅう。私はパスト様の従者のレミンと申します。あなた様は、どちらの姫君でございましょう？」

地面にへたり込む黒猫がパストだなんて知るよしもないレミンは、禍《まが》々《まが》しさを消してただの女性の姿に戻った魔女に恭しく挨拶をする。

魔女をパストの逢い引きの相手とでも思ったのだろうレミンの丁重な振る舞いに気をよくしたのか、魔女は優しげな笑みを浮かべる。

「パスト王子を捜しに来たのね。王子なら、ほら、そこよ」

「可愛らしい猫でございますね。あの猫もパストと言う名なのですか？」

地面に座る黒猫を見て微笑《ほほえ》むレミンの勘違いがおもしろかったのか、魔女はホホホと声を上げて愉快そうに笑う。

「おまえ、自分の主《あるじ》も分からないのかい？　猫の王子にお似合いのマヌケな従者だこと」

「え？　あの……」

「マヌケとは何だ！　このクソ婆《ばばあ》が！」

「え？　……ええっ！　ね、ね、猫、猫がしゃべった？」

「猫じゃニャい！　いや、姿は猫だが……俺だ！　パストだ！」

「え……えええっ！　パスト様？　そ、そんな馬鹿な……そんな、何故《なぜ》……」

呆然としつつも、レミンはこの事態を引き起こしたのは目の前の女性だろうと判断したようだ。

猫になったパストを後ろ手にかばいつつ、魔女に問いかける。

「……これは……いったい、どういうことでございましょう？」

「高慢で無礼な王子に似合う姿にしてやったのさ」

「あ、あなた様はいったい……」

「あたしは魔女だよ！　美しいものが大好きだから、おまえの主も手に入れようとしたんだけど、いくら美しくてもあんなに生意気じゃあ興ざめだ」

自分のものにならない美しいものは、この世に存在しなくていいということらしい。

「魔女を侮辱したことを、その姿で一生後悔するがいい」

「一生って……ずっと、猫のままだと……？」

高らかに笑う魔女の言葉に青ざめたレミンは、地面に両膝をついて魔女を見上げる。

「美しく偉大な魔女様。どんなことでもいたします！　どうかパスト様を元の姿にお戻しください」

地面に伏して頼み込むレミンを見下ろし、魔女は得意げに鼻を鳴らす。

「ふふん。おまえはなかなか礼儀をわきまえているようだ。可愛い子だね。その健気《けなげ》さに免じて、解術《げじゅつ》の呪いをかけてやろう」

「ありがとうございます！」

疑うことを知らない人のよいレミンは魔女の言葉を素直に喜んだが、パストには魔女がただで呪いを解くとは思えなかった。

「おい！　勝手に決めるニャ！　んぐぅ」

「パスト様！　魔女様に失礼です！　って、いたたたたっ、噛《か》まないで、引っかかないでください！」

口を塞ぐ手に歯と爪を立てられても、レミンはパストの抗議を封じて魔女に頭を下げる。

「どうか、パスト様を人間にお戻しください」

「解術は、おまえがするんだ」

「え？　私が、ですか？」

「一度かけた呪いは解けないのさ。だけど他の者にかけた呪いで『呪いを打ち消す』ことはできるんだよ」

それはどういうことなのか。首をかしげるレミンを無視し、魔女は勝手に話を進めていく。

「おまえにかけた呪いで、パストの呪いを無効にするってことさ。そうだね……西にも、私の好みじゃあないがローアシアという美しい王子がいる。愛を知らない心が凍った王子だそうだ。その王子の愛をおまえが得ることができれば、その猫がパストに戻る呪いをかけてやろう」

パストにかけた呪いは解けないので、レミンに『ローアシア王子の愛を得られたら黒猫がパスト王子に戻る呪い』をかけるということらしい。

自分が思いついた呪いに満足したのか、愉快そうに口元をゆがめた魔女がレミンの頭上に手をかざすと、再び雷のような眩《まぶ》しい光が放たれたが、レミンの身には何も起こりはしなかった。

「あの……これで本当に呪いは解けるのでしょうか?」

拍子抜けして問いかけるレミンに、魔女は腰に手を当てて胸を張る。

「魔女に二言はないよ。まあ、おまえごときに王子の愛を得ることなんてできやしないだろうけれど」

「適当に無理難題言って楽しんでるだけだろ!」

「信じる信じないは、おまえの勝手だ。嫌なら何もしないで死ぬまで猫の姿でいるがいい」

懲《こ》りずに魔女を挑発するパストの逆立った毛を撫《な》でて落ち着かせつつ、レミンは必死で頭を下げる。

「信じます！　信じます！　魔女様を信じて、ローアシア王子の愛を得て、パスト様の呪いを解きます！」

「よしよし、いい子だね。この話は迂闊《うかつ》にしゃべるんじゃないよ。もしも誰かに呪いの話をしたり猫の正体がばれたりしたら、パスト王子の呪いは二度と解けないからね」

「クソ魔女がっ！」

「ははは、いい気味だ！　魔女を怒らせたことを地に這《は》いつくばって後悔するがいい！」

毛を逆立てて威嚇《いかく》する黒猫を見下しつつ魔女が黒いドレスの裾を翻《ひるがえ》すと、魔女は黒い翼の大きな鳥へと変化した。

「逃げるか！」

「パスト様！　危ない！」

パストは牙《きば》を剥《む》いて飛びかかろうとしたが、黒い鳥の羽ばたき一つでころりと転がり、レミンが慌てて抱き留めた。

手も足も出ない二人をあざ笑うかのようにギャギャギャギャギャと不愉快な鳴き声を響かせ、魔女は山の彼方《かなた》へと飛び去っていった。

なすすべもなく迎えた翌朝、パストの姿がないことに城は大騒ぎとなった。

真相を知っているが話すことができないレミンは、他の人たちと一緒になってパストを捜すふりをしなければならなかった。

自分の連れている黒猫がパストだと知られてはいけないと緊張したが、みんなどこからか紛れ込んだ黒猫なんぞ気にも留めず、レミンはパストの居所に心当たりはないのかと詰め寄られた。

「どこか行きそうな場所くらい心当たりがないのか！」

「いつからいないのかも分からないのか？　主から目を離すとは、従者失格だ！」

パストを可愛がっていた兄のカラル王子とアドット王子は、パストの従者であるレミンを叱責したが、王妃のルーアがかばってくれた。

「あの子のことだから、レミンの目を盗んで夜中に城を抜け出して遊びに出かけたのでしょう。あなたたちも覚えがあるでしょう？」

「あー……それは、その、社会勉強です」

「私たちは朝までにはちゃんと帰っていましたよ」

上の二人の王子は、酒場や女性のいる店へこっそりと繰り出すことがあった。何度かパストも連れて行っていたのを、ルーアはちゃんと知っていたのだ。

二人はもう結婚していて、妻を娶《めと》ってからはそんなことはなくなった。だからパストは一人で出かけたのだろうと城下のありとあらゆる店や宿屋を捜したが、当然パストは見つからない。

謎の光と大きな黒い鳥を目撃したという話も出て関連を疑われたが、魔女の存在を知らない人々にその正体を知るすべはなく、うやむやになった。

パストの父親であるエルト王は、パストを見つけた者には懸賞金を出すと国中に布告したが、怪しげな目撃情報しか集まらず、王子捜しは難航を極めた。

そんな中、レミンはパストを捜索するふりをしながら旅立つ準備をした。

母親や周りには「パスト王子を捜すため旅に出る」とあてのない旅のように言ったが、実際は呪いを解きにローアシア王子のいるベアリス国へと向かうためだった。

レミンの母親のスーリンは、城育ちで世間知らずな息子の一人旅を心配したが、乳母として我が子のように愛していたパストを見つけるためなら、と送り出してくれた。

そうしてレミンは、黒い猫となったパストを連れて『パスト王子を捜す旅』へ出た。

猫を抱いて馬に乗るのは危ないので徒歩と馬車を利用したが、馬車を乗り継いでも十日以上かかる長旅だった。

その間、昼間は途中で出会う旅人や街の人たちから情報を集め、夜には月のある間しか人の言葉を話せなくなったパストと、どうやってローアシア王子に近づくかの作戦を練る。

しかし知れば知るほど、ローアシア王子は一筋縄ではいかない人物のようだった。

「女誑《たら》しで冷酷で怠け者の人でなし、か」

来るもの拒まずだが、飽きっぽくて手を出すのは一度きり。執務は妹任せで狩に夢中、とローアシアについての噂はろくでもない話ばかりだったが、それでも最後に必ず「それでも美しい」という容姿に対する称賛がついていた。

「冷酷な態度は、お美しさを鼻にかけてのことでしょうか」

「大国の次期王でもあるしなぁ」

「お側に近づくのも難しいですよね」

ベアリス国は広大な領土を所有しており、その分だけ隣接する国が多く小競り合いが絶えない。

だが広い領土は、豊富な資源をもたらす。草原では馬を飼育して優秀な軍馬を生産し、鉱山では鉄を採取して武器を作り、圧倒的な軍事力を得て周りをねじ伏せていた。

城も当然鉄壁の警護が敷かれ、普通には入り込めない。ただの下働きでも、身元のはっきりしないよそ者など雇われるはずもない。

「となると、招き入れてもらおうじゃないか」

「ええっ？　それは、パスト様の正体をさらすということですか？」

小なりとはいえ一国の王子なら謁見くらいはしてもらえるかもしれないが、正体をばらせば呪いは一生解けなくなる。

それに、どこからどう見ても猫の今のパストが「王子だ」と言い張れば、城ではなく牢屋《ろうや》に入れられることだろう。

どうやって城からの招待を受けるのかと考え込むレミンに、パストは緑の目をきらりと光らせる。

「ベアリス国の利発で美しいシャスカ姫は、好奇心が旺盛であられるそうだから、そこを利用しようって話さ」

兄のローアシアについてはろくな噂がない代わりに、シャスカは才色兼備で世の姫君のお手本とまで言われている。そんな姫をどう利用しようというのか。

「好奇心を利用、ですか」

「おまえはリュートが得意だろう？」

「演奏はできますが、得意と言うほどでは……」

「謙遜するな。それに、ただ演奏をするだけじゃない」

リュートはこの辺りでは一般的な弦楽器で、手軽に持ち運べるので演奏できる人は大勢いる。しかしレミンは、リモーの城では一番の奏者だった。

パストはそこに、さらに付加価値を付けようという。

「この姿を、最大限利用させてもらうのさ」

任せろと自信満々に胸を張って長いしっぽを揺らすパストに、レミンは不安を抱えつつも言われるがままベアリス国に着く前にリュートを購入した。

商業も盛んなベアリス国へは、入国するだけならさほど難しいことではなかった。

麦の収穫が終われば、どこの国でも収穫祭がおこなわれる。

その時期は祭を盛り上げるのに旅芸人が引っ張りだこになるので、レミンもリュートを片手に楽師のふりをして検問所で一曲披露すれば、あっさりと入国が許可された。

そこからレミンは『旅の楽師』としてリュートを奏でながら城下町までたどり着いた。

祭に沸く街には、色とりどりの旗が立てられていた。店の軒先にはテーブルが並び、パンにチーズに焼いた羊や豚の肉も売られ、ビールやワインは豪快に樽《たる》で出されていた。

人々は着飾って街へ繰り出し、石畳の大きな通りは人にぶつからずに歩くのが困難なほど混み合っている。

「はぁ……。こんなにたくさんの人を見たのは初めてです」

人いきれに酔いそうなレミンが、背負った荷物に乗ったパストに話しかけると、耳を伏せて大きく目を見開いたパストもこくりと頷《うなず》いた。

人の波に流されながら歩いて行くと、前方から様々な音楽が聞こえてくる。

そこが街の中心の広場で、収穫祭の会場だろう。

石畳の丸くて広い広場からは、秋晴れの空に映える威風堂々とした城を望むことができた。城門塔だけでリモー国の礼拝堂ほどはある立派な城に、改めて大国の威厳を感じる。

広場にはすでに大勢の旅芸人が集まり、それぞれに得意の芸を披露していた。

長い木の棒を足にくくりつけ、頭が屋根にまで届きそうな高さでラッパを吹く男に、何本ものナイフをお手玉みたいに投げながら歩く男。さらに両肩に二人の男を立たせてのしのしと歩く大男がいるかと思えば、くるくると身軽に宙返りしながら移動する男もいる。

リュートだけではなく太鼓やラッパを奏でる楽師達もいて、賑《にぎ》やかな様子に街の人たちは大喜びで、芸人たちに小銭を投げたり音楽に合わせて踊ったりと楽しげだ。

「……私も、ここで演奏をするのですか」

確認するように呟《つぶや》いてパストを見れば、今はしゃべることができないパストは「その通り」とばかりにウニャンと鳴いた。

街の広場で芸を披露する多くの奏者や芸人の中から、優れたものだけが城に招かれ王様の前で芸を披露できる。その枠に選ばれようというわけだ。

並み居る旅芸人を差し置き城に招かれるには、よほど飛び抜けた才能がなければ無理だろう。

これまでもレミンはリモー国で乞われれば人前で演奏もしてきたが、こんなに賑やかで落ち着かない場所で披露したことはない。

初めての状況に緊張したが、周りの人たちは皆ごく普通の旅着で地味なレミンには目もくれず、派手やかな衣装の道化師や楽団に夢中だ。

新参者のレミンは、控えめに広場の片隅で演奏をすることにした。

初めは見向きもされなかったが、リュートの音色に合わせてパストが二本足で立ち上がって左右に飛び跳ねたり前脚をひょいひょいと踊っているかのように動かせば、たちまち人だかりができた。

これがパストの思いついた秘策、『踊る猫』作戦だ。

芸人の中には、帽子をくわえて観客から金を集める犬や人まねをする鳥を連れた者はいるが、踊る猫がいるとは聞いたことがない。

いれば絶対に受けるはず、と踏んだパストのもくろみは当たった。

「なんて利口な猫だ！」

「妖精が中に入っているんじゃないの？」

「可愛い！　すっごく可愛いー！」

大人も子供も男も女も、初めて見る音楽に合わせて踊る猫に夢中になり、レミンとパストはあっという間に広場一の人気者になった。

朝の十時には広場のすみっこに居たのが昼には広場の中心に引っ張り出され、食事をとる間もなく演奏と踊りを披露し続けた。

――少しでも目立って、城に招かれなければ。

珍しいものが好きなシャスカ姫は、祭に出かけた侍女達の話を聞いておもしろそうな芸人を城に呼び寄せ余興を披露させるそうだが、レミン達には誰が姫の侍女かは分からない。

演奏を休んでいる間に姫の侍女がきたら、と思うと休めなかった。

弦《げん》をはじき続けた指先は赤くはれ上がり皮が裂けて血もにじみはじめたが、それでもレミンは笑顔で演奏し、パストも踊り続けた。

夕暮れの気配が近づく頃になると、流石《さすが》に踊り疲れたのかパストはレミンの足元にうずくまってしまったが、それでもしっぽをくねくねと動かし、首を振りつつ歌うように口をぱくぱく開けて観客を楽しませた。

「そこの猫を連れたおまえ、どこの何者だ?」

もうレミンの腕も限界かと思い始めた頃、レミン達を取り囲む民衆をかき分けて城の兵士が声をかけてきた。

手入れされた立派な髭《ひげ》と尊大な態度に、位《くらい》の高い兵士だと分かって緊張が走る。

ここで失敗はできない。レミンは緊張に震える手をぎゅっと握りしめて己を鼓舞し、礼儀正しく頭を下げる。

「私はリモー国の騎士ビリス・マリソとスーリンの息子、レミン・マリソと申します」

魔女にかけられた呪いに関することは隠さなければならないが、その他について隠す必要はない。下手に嘘をつけばそこからほころびが生じかねないので、問題なさそうな部分は正直に話す。

「リモー国だと？　聞かない名だな」

「ビスマ山脈の向こうの小さな国でございます。冬は雪に閉ざされる退屈な暮らしに耐えきれず、この華やかなベアリス国にリュートの腕試しに参りました」

リモー国は大好きでどこよりもいい国だと思っているが、それならどうして出てきたと言われないため、心苦しいが故郷を卑下して大国に憧れて出てきた田舎者《いなかもの》を演じる。

よくある理由だが、それゆえに疑われずにすんだようだ。

「なるほど。入国許可証は持っているか？」

「入国許可証……許可証とは、これのことでございますか？」

検問所でそんなものはもらわなかったが、事前に宿で知り合った旅芸人達に各地を渡り歩く際の処世術を聞いておいたおかげで、どうすればいいのか察しが付いた。

レミンがそっと差し出した銀貨を一枚受け取ると、兵士は「うむ」ともっともらしく頷き自分のポケットにしまい込んだ。

「よろしい。リモー国のレミン・マリソ。もったいなくもシャスカ姫様が踊る猫を見たいと仰《おお》せだ。ついて参れ」

休まず演奏を続けた甲斐《かい》あって、姫の侍女の目に留まり興味を持ってもらえたようだ。

それを狙ってのことだったが、上手《うま》くいきすぎて驚いた。その驚きのまま、田舎から出てきた楽師らしく恐縮する。

「ひ、姫君様が、私なんぞの芸をご所望なのですか？」

「おまえじゃあなくて、踊る猫をご覧になりたいのだ。失礼があればおまえの首など簡単に飛ぶのだから心せよ」

「はい！　仰せのままに」

パストを肩に乗せ、振り返りもしない髭の兵士について行けば、何人もの門番が立ち並ぶ城門もあっさりと通ることができた。

しかし城門塔の上からも兵士が鋭い眼差《まなざ》しで見張っていて、下手な動きをすれば即座に弓や槍《やり》で攻撃されるのだろう。

城壁の中も広々としており、立派で大きな厩舎《きゅうしゃ》に犬舎を横目に進めば、右には礼拝堂、左には居住棟があった。イチイの生垣に囲まれた中庭の向こうには、城壁を囲む堀から水を引く水車がゆったりと回っている。

大広間のある中央の天守は、見上げていると首が痛くなりそうなほど高い。

リモー国の城より何もかもが大きく立派で気後れするが、今のレミンは王子の従者ではなく、一介の旅の楽師。おどおどしていて当たり前。さらに田舎者らしく物珍しがっている方が自然だろう、と思う存分きょろきょろして城の様子をうかがった。

大広間では、王族と招かれた有力な貴族達が収穫祭の宴をおこなっていた。

縦に並べられたテーブルには騎士や貴族が。正面の横向きの長テーブルには王族と有力貴族が着くのがリモー国での慣例だったが、ここでもきっとそうだろう。

しかし宴の規模はリモー国よりずっと豪華で、目を見張った。

十人は座れる長テーブルが両方の壁際に五卓ずつほど並び、大勢の客に対してさらに多くの召使いが、皿の料理がなくなる間もないほどこまめに給仕をしている。

正面の主賓席は一段高くなっており、色とりどりの花が床に飾られ、壁には大きくて立派なタペストリーが掲げられている。

白いテーブルクロスがかけられた大きなテーブルには、十人ほどの着飾った男女が並んで座っていた。

大広間の中央では、すでにあらかじめ余興に呼ばれていた芸人達が芸を披露していた。

男を三人も肩に乗せた大男がいるかと思えば、顔を白く塗りつぶした道化が鈴のたくさんついた服を着て踊っている。

口から炎を吹く男に、笛や太鼓などの楽器を演奏している者もいて、女性客の近くでは吟遊詩人が竪琴《たてごと》を奏でながら異国の恋の歌など歌って女性をうっとりとさせていた。

リモー国の祭でもこれらの旅芸人は見かけるが、こんなに大勢が一堂に会する場はない。

彼らの演技はみな素晴らしかったが、それよりもレミンの心をとらえた人がいた。

――あの人が、ローアシア様。

正面のテーブルに着いた青年。その髪はけぶるように細く艶《つや》やかな銀色で、澄んだ水色の瞳は凍った湖のよう。ほどよく焼けた健康的な肌の色と均整の取れた体つきから、武術に長《た》けているのだろうと感じ取れる。

噂に違《たが》わぬ美しさに見とれ、息をするのも忘れそうだ。

「踊る猫をお連れいたしました」

ローアシアの美しさに圧倒されていたレミンだったが、姫に告げる兵士の声に我に返り、改めてしっかりと正面を向いた。

ローアシアの隣、テーブル中央のひときわ立派な背の高い椅子に座っているのが、国王のジエムート・ウェル・ベアリスだろう。

白髪交じりだが豊かな金の髪に、立派な鷲鼻《わしばな》。体格もよく、大国の王にふさわしい威厳のある姿だ。

王の右隣、金色の髪の少女はシャスカ姫だろう。

こちらは兄の氷のような美しさとはまた違い、温かな春の女神と言ったところか。愛らしい微笑みを浮かべる唇に、水色の瞳を好奇心でキラキラと輝かせている。

「リモー国より参りました、レミン・マリソと申し――」

「リモー国ですって？　パスト王子様のお国じゃないの！」

まずは名乗りを上げようと片膝をついて出身と名前を言おうとしたレミンの言葉は、興奮した様子のシャスカの声に遮られた。

「は、はい。聡明《そうめい》で勇敢なパスト王子様は、リモー国の誇りでございます」

白い頬を赤らめ瞳を潤ませるシャスカ姫は、十七歳と王族の姫ならそろそろ縁談が調うお年頃。

十九歳と適齢で未婚のパスト王子のことが気になるのだろう。

「お美しい王子様なのでしょう？　あなたはお会いしたことがある？」

「あー……はい。でも、そのっ、ただの楽師の身では、遠くからちらっと拝見するのが精一杯で……」

まさか乳兄弟でございますとも言えず、一般論でお茶を濁したがシャスカはそれで納得したようで「そうよねぇ」とため息を漏らした。

「だけど、あなた――レミンもなかなかきれいな顔をしているわ。リモー国は美しい殿方がたくさんいるのね」

「滅相もございません。私をはじめリモー国の男など、ベアリス国の精悍《せいかん》な男性の足元にも及びません」

特にこの方などと言外にローアシアに視線を向けたが、ローアシアは余興に興味がないのか伏し目がちで、どこを見ているのかも分からない。

騒がしいのが苦手なのかもしれないが、次期王であるローアシアに地方から招かれた貴族達がご機嫌を取りに行かないとは、おかしなことだ。

賑やかなこの場で、彼の周りだけ静寂に感じた。

奇妙なことだとつい考え込みそうになったが、今はそんな場合ではなかった。まずはこの姫に気に入られなければ、とシャスカに視線を戻す。

「踊る猫だなんて、初めて見るわ。リモー国では猫はみんな踊るの？」

「いいえ姫君様。リモー国でも踊るのはこの猫だけでございます」

「そうなの。それで、その猫の名は何というの？」

「あ！　ね、猫の名前でございますか！」

パストの正体を隠すには、名前を出すのも控えた方がいい。それなのに呼び名について失念していた。とっさによい名前が浮かばない。

「猫は……猫……様……」

「猫様？『猫様』という名なの？」

「は、はい！　この猫は普通の猫ではございませんので――いえ！　猫なのですが、魔法……とかではなく、そのっ、不思議な踊る特別な猫、ということで敬意を込めて猫様と呼んでいる次第でございます！」

しどろもどろになってしまったが、王族の前で芸人が緊張のあまり取り乱すことなど慣れっこなのだろう。シャスカはコロコロと笑って、レミンの不審な態度を気にも留めなかった。

「あなた、おもしろいわね。だけど猫様って、変わっているけど素敵な名前だわ」

「お褒めいただき、恐悦至極に存じます」

「それじゃあ、レミンと猫様。何か一曲披露してちょうだい」

「仰せのままに」

こういう場では異国の曲が珍しくて喜ばれるので、レミンはリモー国の伝統的な曲を演奏することにした。

疲れているだろうパストの負担を減らすため、ゆっくりとしたテンポの曲を選んだのだが、それでもパストの身体はもう限界だったようだ。

最初は後ろ脚で立ち上がり、曲に合わせてぴょんぴょん跳ねたり歩いたりして観客を楽しませていたが、曲の終盤でひょいと主賓席のテーブルに飛び乗り、シャスカの腕に擦《す》り寄った。

――パスト様！

思わず叫びそうになったレミンだったが、何とか堪《こら》えて自分の演奏を続けていると、甘えられたシャスカは嬉《うれ》しそうに微笑んでパストを膝に抱き寄せた。

「あらまあ、甘えん坊ね」

王様の前で勝手に演技を中断するなどもってのほかだが、それで姫が喜んでいるのなら猫をせめるわけにもいかないのだろう。それに愛らしい姫が猫を可愛がっている姿は、微笑ましくも麗しい。

ジエムート王は愛娘《まなむすめ》の笑顔に、苦笑いを浮かべつつも猫の無礼を見逃した。

ローアシアはと盗み見れば、相変わらずレミンにも猫にも目を向けず静かにワインの杯《さかずき》を傾けていた。

「大変な不作法をお詫《わ》びいたします。猫様は姫君様のような美しい女性に目がないのでございます」

一曲終えたレミンが深々と頭を下げてパストの振る舞いを詫びても、シャスカは猫を可愛がるのに夢中だ。ごろごろと喉を鳴らすパストの背中を、白くたおやかな手で撫でる。

「朝から踊り通しで、疲れているのでしょう。今日はもう休んで、明日また踊ってみせて」

「慈悲深いお言葉、痛み入りましてございます」

明日また芸を披露するということは、このまま城に滞在してもよいということ。まずは最初の関門を突破したことにほっとして再び頭を下げるレミンの頭上に、ジエムート王から鋭い叱責が飛ぶ。

「明日の宴にはパニドア国からの使者が来る。そこで失敗などしようものなら、代わりの余興におまえ達の首をはねてやるからな！」

パニドア国は、ベアリス国と並ぶほどの強国。そこからの使者の前で失態があれば、ベアリス国の恥になる。今日は見逃すが二度はない、と恫喝《どうかつ》するジエムート王にすくみ上がった

レミンだったが、しっかりとパストを抱きしめたシャスカが猛然と抗議する。

「お父様！　この猫とレミンは私が招いた楽師ですのよ！　そんなことをされたら、もう口を利いて差し上げませんからね」

「おお、わしの可愛い姫よ。そう怒るな」

ジエムート王は笑って冗談だと取り繕ったが、さっきの目は本気だった。

しかしシャスカの怒りにすぐに前言を撤回するところから、ジエムート王の娘への溺愛《できあい》ぶりが見て取れた。

それでも父親を信頼できないのか、シャスカは後ろから両手で掴んだパストをジエムート王に向かって突きつける。

「それにほら、この子の胸元をごらんになって！　この白い部分は天使が触れた跡。天使の加護を持つ猫を傷付けたりしたら、罰《ばち》が当たりますすよ」

シャスカが博識で珍しい物好きというのは本当のようで、身体の一部が白い黒猫についての噂を利用して、貴重な猫だと訴えかけた。

ジエムート王は噂話など信用してはいないようだが、猫一匹にムキになる娘が可愛くてならないようで目を細める。

「そうかそうか。誰もこの猫を傷付けることは許さん。姫の命令はわしの命令だ。皆も心するように」

嫡男であるローアシアを差し置き、まるでシャスカが後継者であるかのような物言いが引っかかる。だが他の者はみな何の疑問も持っていないようで、神妙に頭を垂れて従った。

姫が招いた楽師と猫という肩書きを得たレミンとパストは、宴の末席での食事を許された。

レミンはパスト用に水と魚や肉をもらい、自分もパンや肉を給仕してもらう。

緊張していたせいか空腹を感じていなかったが、朝食を食べてからずっと飲まず食わずだった。ワインを一口いただくとグウッとお腹が鳴り、猛烈に食欲が湧いたレミンは急いでふかふかのパンに肉をのせてかぶりついた。

スパイスの効いたソースがしっかりと絡《から》んだ羊の肉は、歯がなくてもかみ切れるだろうほど柔らかい。続いて蒸し鶏の肉に牛肉のスープ、と途切れることなく運ばれてくる料理はどれも美味《おい》しくて食が進む。

同じく空腹だったのだろうパストも、隣の席の年配の侍女が背中を撫でて構ってくるのも構わず、ガフガフと肉の塊に食らいついていた。

素晴らしい宴の料理に夢中になりそうだったが、レミンには大事な使命がある。

主賓席に目をやり、自分がこれから相愛の仲にならなければならないローアシアの様子をうかがう。

ジエムート王とシャスカには周りの貴族たちが話しかけているが、ローアシアには話しかけるどころか視線すら寄越さない。先ほどからずっとこの状況のままだ。

圧倒的な存在感があるのにまったく存在を無視されているローアシアの方も、誰かに話しかけることもなく、芸人達の余興を楽しんでいる風もない。

時折料理を口に運ぶ動きがなければ、美しい氷像と勘違いしそうだとすら思う。

「あっ、も、申し訳ございません！」

ただ食事をしているだけでも美しいその姿から目が離せなくて見とれていると、ローアシアを給仕していた小姓が手を滑らせて肉を落とし、ローアシアの服に肉片と茶色いソースがべったりとついてしまった。

「何じゃみっともない。さっさと着替えて参れ！」

それを見たジエムート王は眉間にしわを寄せ、まるでローアシアが粗相をしたかのように睨《にら》み付けて叱責した。

指示されたローアシアは一言も発せず立ち上がり、ジエムート王に背を向ける。

その間、給仕を失敗した小姓はただ俯《うつむ》いて立っているだけ。他の召使いたちも、あえて王子の方を見ないように目を背けているようだった。

王子の服を汚した小姓にお咎《とが》めもなく、着替えの手伝いについて行こうとする者もいないあり得ない事態に、レミンはぽかんと口を開けてしまった。

『愛を知らない王子』というより、これでは『愛されていない王子』だろう。

しかし、シャスカだけは違うようだ。突っ立っているだけの小姓にてきぱきと指示を出す。

「シナンテ。ぼーっとしていないでシア兄様に代わりのお召し物を出して、汚れた服は洗濯場に持ってお行きなさい」

「は、はい！　姫様」

指示をされた小姓のシナンテは背筋を伸ばし慌ててローアシアの後を追い、ローアシアは微かにシャスカの方を振り返る。振り返っただけで無表情なローアシアに、シャスカはにっこりと笑顔を向けて小さく手を振った。

どうやら妹との関係は悪くないようだ、と何だか少しほっとする。

「姫君は本当によくお気がつかれる」

「お美しいだけでなく、お優しい！」

居並ぶ客や家臣が口々にシャスカを誉《ほ》めそやすのを聞き、渋い顔をしていたジエムート王はあっという間に機嫌を直し、ワインの杯を掲げる。

「流石、わしの娘だ。シャスカ・ウェル・ベアリスに！」

「シャスカ姫様に乾杯！」

「麗しい姫君に乾杯！」

皆がジエムート王に倣《なら》って杯を掲げ、乾杯をかわす。

その様子をシャスカはにこにこと見守っていたが、目は笑っていないように感じた。

乾杯を機に宴はさらに盛り上がり、アザラシの煮込みや羽で飾られたクジャクの丸焼きなど珍しい料理が次々と運び込まれる。

「ローアシア様は、あまり召し上がっておられないのでは……」

着替えて戻ってくると思われたローアシアは姿を見せず、着替えの手伝いに行ったはずのシナンテはいつの間にか戻って給仕をしていた。

シナンテは十四、五歳くらいで、小姓としてはすでに練達な年頃。

実際その給仕は手慣れたもので、先ほどの失態が嘘のよう。さっきのあれはわざとやったのでは、なんてことまで考えてしまう。

――ローアシア様はどうされたのだろう。

酒が回った宴の席で、新参の楽師を気にかける者はいない。レミンはパストを連れてそっと大広間を抜け出した。

初めての城だが、城の造りなどどこも似たようなもの。皿を運ぶ召使い達と逆行して、レミンは厨房へたどり着いた。

忙しく調理している赤い服の者達の中で、一人だけ色の違う青い服を着ている恰幅のいい男が料理長だろうと声をかける。

「あの！　お忙しいところ、失礼いたします」

「あん？　何だあんたは！」

ごうごうと火の上がる竈《かまど》で豚の丸焼きを調理している料理長は、調理場の喧騒《けんそう》の中でもよく通る大声で怒鳴りつけてきた。

炎に照らされた顔は赤く、ぼさぼさの眉をぎゅっと寄せて睨み付けてこられるとすくみ上がりそうになる。

けれど気圧《けお》されている場合ではない、と気を引き締める。

「私は余興に雇われた楽師のレミンと申します。その……一人分の料理をご用意願えませんか？」

「なんだってまた、そんな面倒なことを！」

料理長が、あからさまに怪訝《けげん》な顔をするのも無理はない。料理は食べきれないほど宴の席に並んでいるのだから、それを好きなだけ食えばいい、とレミンを無視して調理に戻る料理長に食い下がる。

「お部屋へ戻られたローアシア王子にお持ちするのです！」

「王子に、だとぉ？」

「あー、その……慈悲深いシャスカ姫が……そうする、ようにと申しますか……」

姫ならこう指示をされてもおかしくはないかと勝手に想像して言ってみると、料理長は納得がいったのか軽くため息をついて頷いた。

「ああ……そういうことかい」

料理長は近くにいた部下にあれこれ言いつけ、焼きたての白パンと、ヤマウズラの香草焼きに白身魚のバター焼き。さらにデザートとしてリンゴのパイに、アーモンドと砂糖でできた焼き菓子まで用意させた。

それにワインとビールを添えれば、十二分に豪華な夕食だ。

「ありがとうございます！　どれも美味しそうですね」

「当ったり前だ！　……しかし、あの王様にも困ったもんだよ」

食事もせずに宴の場から消えた王子ではなくジエムート王に呆れる料理長に、どういうことか訊ねたかったが今はローアシアに食事を届けるのが先、と思い直して言い留《とど》まった。

料理を手に入れられたのはいいが、ローアシアの部屋はどこか分からない。城主とその家族の部屋は南側の棟の上階だろうと見当はつくが、何しろこの城はリモー国の城よりずっと広い。南側の棟だけでも何部屋あるのか。

一部屋ずつ探していては夜が明けそうだ。

誰か呼び止めて訊ねようとしたが、足元にいたパストが先に立って歩き出す。

「パスト——いえ、猫様？」

「こっちだ」

「王子の部屋がおわかりになるのですか？」

「ああ。大体、匂いで分かる」

どうやらパストは、見た目だけでなく性質までしっかり猫になってしまっているようだ。

空に向かって鼻を向けてヒゲを震わせくんくんとローアシアの匂いを捜す姿は、まるっきり猫だ。

「そうなのですか。……すっかり猫らしくおなりで」

「ま、何か得なこともなけりゃやってられないさ」

ぼやきながらもローアシアの匂いをたどるパストについて到着した先は、南の棟にあるが礼拝堂の陰になる部屋だった。

「お世継ぎの王子の部屋がここ、ですか」

「せいぜい、次男以下にあてがう部屋だよな。俺みたいな」

だけど自分の部屋より広そうだ、と毒づくパストに愛想笑いを浮かべる。

パストの軽口で少し緊張がほぐれたが、これから呪いを解くために絶対に必要な人と対峙《たいじ》するのだと思うと、心臓が早鐘を打って胸が苦しい。

少しでも好印象を持ってもらえるよう笑顔を浮かべ、ゆっくりと扉をノックした。

「……いらっしゃらないのでしょうか？」

一度目から少し間をあけて二度目、さらに三度ノックをしても中から応答はなかった。しかし聴覚も猫並みになったパストは「中に人の気配がある」と言う。

「ノックはしたんだ。開けてしまえ。俺が許す」

「ここは猫様が許す場面ではないと思うのですが……」

とはいえ、ここまできて引き返せない。意を決してノブに手をかけた。

「失礼いたします」

もしかしたら気分でも悪くなってもう休んでいるのかもと思ったが、ローアシアはまだ起きていた。

しかし宴に戻る気はないようで、白くゆったりとした部屋着に着替えて窓際の椅子に腰掛けていた。

何も言わずただレミンに胡乱《うろん》な眼差しを向けるローアシアに、レミンは恭しく礼をして料理ののった盆を掲げる。

「お食事をお持ちいたしました」

「……シャスカか」

初めて聞いたローアシアの声は、美しい唇から漏れるのにふさわしい低いがよく通る美声だった。美しい人はどこまでも美しいのだと感心する。

やはりシャスカは普段から兄を気遣っているようだ。しかしこれはシャスカの指示ではない。後からローアシアがシャスカに礼を言いに行ったら、嘘だとばれてしまう。ここは気を利かせて先回りしただけだと言い繕う。

「いいえ。ですが、お優しい姫君ならきっとこうするようにおっしゃるだろうと思いまして」

「おまえは、広間にいた楽師だな」

「はい！　覚えていてくださったのですね」

他にも楽師や芸人が大勢招かれていたのに、自分を覚えていてくれた。嬉しさに舞い上がりそうになったが、ローアシアの視線が足元のパストに注がれているのを見て、浮かれるのをやめた。

踊る猫が珍しくて覚えていただけで、レミンのことは猫の付属くらいにしか思っていないのかもしれない。

けれどもこれからどんどん役に立ち、必要な存在と認めてもらえるよう努力すればいいのだ。

早速お役に立とう、と暖炉の前のテーブルに料理を並べる。

「どうぞ冷めないうちにお召し上がりください」

「……毒味は？」

「毒味、でございますか」

毒に触れると色が変わる銀製の食器が使われ出してから、リモー国では毒味はしなくなったがベアリス国ではまだ必要なようだ。

流石は大国、危機管理がしっかりしていると感心する。

「私でよろしければ、務めさせていただきます」

毒味などしたことがなかったレミンだったが、味を見る感じでよいのだろうとすべての料理をナイフで切り取り、銀のスプーンで一口ずつすくって口に運ぶ。

調理されている場を見ていたのだから毒など入っていないと確信があったので、怖くはなかった。

てきぱきと食べ進め、最後の一口を飲み下して息をつく。

「どれも変わったところはございません。美味しゅうございますので、どうぞお召し上がりを」

「なぜそう急《せ》く」

「冷めればそれだけ肉が硬くなりますし、温かい方が美味しくいただけませんか？」

美味しく食べて欲しいと微笑みかければ、ローアシアはふいと視線を逸《そ》らしてぼそりと何事か呟く。

「……いつまで続くことやら」

「はい？　何がでございますか？」

訊ねるレミンを無視してテーブルに向かうローアシアの足に、パストがくねくねとまとわりついて身体を擦り付ける。

愛嬌《あいきょう》を振りまいて気に入ってもらうためだろう。しかしローアシアは猫が好きではないようで、邪険にもしないが撫でもしない。

無愛想なままテーブルに着いたローアシアの後ろに控え、レミンは給仕を務める。

ビールかワインかどちらがよいか、ヤマウズラの身を骨からむしった方がよいのか、あれこれ訊ねても返事はなかった。目線をビールのピッチャーに向けられればビールを注ぎ、ローアシアが自分でヤマウズラを手づかみでむしりだしたら手洗いの水を用意する程度のことしかできない。

これでは役立たずと思われかねない。せめて気分を引き立て存在感を出そう、と会話を振る。

「その白い魚は、何という魚なのでしょう？　こんなに美味しい魚料理は、生まれて初めていただきました」

毒味に一口食べただけだが、淡泊だが歯ごたえがあり美味しかった。内陸のリモー国では魚と言えば川魚なのだが、これは海の魚かもしれない。

訊ねてみたがローアシアからの返答はなく、淡々と食事をするばかり。

しかし無言で食べる姿も美しい。ナイフとフォークもまるで手から生えているかのように自然に扱い、食べ物を口に入れる動作までも優雅だ。

まるで目へのごちそうのような食事風景に見とれていたいところだけれど、そんなことでは自分の存在を売り込めないと話し続ける。

「ヤマウズラは、リモーで捕れるウズラの方が大きくてうまみがあると思います。ぜひ一度お取り寄せいただきたいです。パイと言えば、私の母が作るコケモモのパイは絶品なのですよ！　そろそろコケモモの収穫の時期ですから、また食べたいものです」

相手にされなくとも賑やかな方が楽しいだろうと話し続けたレミンだったが、最後まで相づち一つもらえなかった。

足元に座っていたパストが、じっと見上げて労《ねぎら》うようにニャンと鳴いてくれたのがせめてもの救いだった。

「お代わりは如何《いかが》でしょうか？」

やはり空腹だったのだろうローアシアは、用意した料理を残さず食べ切った。まだ食べ足りないならもらいに行こうと思ったのだが、食事が済めばもう用はないとばかりにローアシアは無言でレミンに背を向けた。

「それでは、ご用がなければ失礼いたします」

これ以上構えば鬱陶《うっとう》しがられてしまいかねない。とりあえず今日は引き下がることにして、部屋を後にした。

食器を厨房に返して大広間へ戻ると、ジエムート王は酔いが回って退席したようで、シャスカが残って宴を取り仕切っていた。

夜も深まり貴族達が帰ると、シャスカはレミンとパストの滞在する部屋も用意するよう執事に命じてくれた。

他にも残るよう指示された芸人は何人かいて、普通なら彼らと相部屋になるところを、レミンは「猫様の気が立っているようだから」と一人と一匹で静かにすごせる部屋をあてがってもらった。

今日は休んで、明日の昼にはまた大広間で芸を披露しなければならない。

何ともめまぐるしい一日だったが、予想以上に上手くいったことに興奮して疲れはさほど感じなかった。

城に入り込めたばかりか、第一関門は突破したな」


「とにかく、第一関門は突破したな」


「はい。ですがパスト様が踊りをやめて姫君のところへ行かれたときは、心臓が止まりそうになりましたよ」

踊り続けで疲れて休みたかったのだろう、と気持ちは分かるがはらはらさせられたとつい愚痴ってしまったけれど、パストは考えがあってのことだと片ヒゲを上げて微笑む。

「あれは、わざと途中でやめたんだ」

「と、申されますと？」

「手元に置くなら、『読み終わった本』か『読みかけの本』どっちにする？」

「それはもちろん『読みかけの本』で……ああ、そういうことですか！」

完璧な演技を見てしまえば、それで満足されてしまったかもしれない。あえて不完全にして、次は完全な踊りを見たいと思わせる作戦だったのだ。

「流石はパスト様！」

「名前で呼ぶな。これからは猫様と呼べ」

「そうでございましたね。申し訳ございません、猫様」

「妙な名前になってしまったが、まあいい。この調子でローアシア王子攻略も進めていこう」

「はい！　お任せください！」

「お任せって……大丈夫かなぁ……」

やる気満々で答えるレミンに、何か不安材料でもあるのかパストはレミンの顔をまじまじと凝視して表情を曇らせる。

「ああ……私ではあのお美しいローアシア様にふさわしくない、とご心配なのですね」

それは自分でもそう思う。ローアシアとはまた違った美しさを持つパストだったならお似合いだっただろうが、自分ごときの容姿では後ろに控えることすらおこがましい。

パストと遜色《そんしょく》ないのは肌の白さくらい、と両手で頬をむにむにとつまむレミンに、パストは猫背をさらに丸めて笑う。

「いや。おまえはおまえで美しいぞ。ほっそりしてるけどつくべき筋肉はついた無駄のない身体に、優しい顔立ち。亜麻色の髪と金色の瞳は、秋の草原を太陽が照らしているようだ。どっか抜けてそうな頼りなげな雰囲気なのに、実際は万事そつなくこなして頼りになる。従者としても恋人としても申し分のない逸材だ」

すらすらと美辞麗句を並べ立てる、パストの社交性に感心する。そういえばパストは普段から女性の扱いが上手かった。

しかしレミンは、そんなお世辞を喜ぶほどうぬぼれてはいないと突っぱねる。

「褒めすぎで誰のことだか分からなくなってますよ」

「レミンはちょっと自己評価が低すぎなんだよ。おまえが気に入られるのは想定内として、おまえはどうだ？　あいつのことを、その……愛せそうか？」

「愛する、ですか。……私は愛していただく方なのでは？」

首をかしげるレミンに、パストはぴしぴしとしっぽを床に打ち付けていらだたしげに答える。

「あのな！　愛してもらいたければ、同じくらいかそれ以上に愛さないと無理だぞ」

「なるほど。それはそうですね！」

「不安しかニャイ……」

従者の仕事に忙しく、これまで色恋沙汰《いろこいざた》にまったく興味を持たなかったレミンの鈍さに、「ここまで恋愛音痴だったとは」とパストは虚空を見上げてため息をつく。

けれどレミンはこれまでどんなことでも懸命に取り組み、やり遂げてきた。

王子として文武両道をたたき込まれるパストについていくべく、レミンも同じくらい勉強をし、剣や弓の稽古をした。さらに従者としてパストに恥を欠かせないよう、主の服の手入れや娯楽のための楽器の演奏も習得した。

これまでもこれからも、主であるパストのためならどんな試練でも乗り越えてみせる、と改めて心に誓う。

「何とか王子のご寵愛をいただけるよう尽力いたしますので、今しばらくご辛抱ください」

「寵愛って……おまえ、本当に意味分かってるのか?」

「はい! すべての身の回りのお世話をしてご満足いただき、私以外には任せられないと思っていただければよいのですよね」

自信満々に応えるレミンを、パストは不安げに睨《ね》め付けながら、またぴしぴしとしっぽで床を打つ。

「お世話って……。ずばり聞くけど、おまえ他人の性欲処理をしたことも、してもらったこともないよな?」

小姓は普通、三人ほどが一つのベッドで眠る。そこでお互いに性処理をしあうこともあるのだが、レミンはパストの部屋の続きの小部屋で一人で眠っていた。

パストが呼び鈴を鳴らせばすぐに駆けつけられるのでそうなっていると思っていたが、それだけの理由ではなかったようだ。

「おまえは男に好かれる顔をしてるから、悪い虫がつかないようにしてたのが裏目に出たな」

「経験はございませんが、その……見たことくらいはございますので何とかなるかと」

城内では、個人の部屋を持たない召使いたちの恋模様が、納屋の陰や倉庫の中などそここで繰り広げられる。だからレミンも、何度もそんな現場に出くわした。

子供の頃から、何となく見てはいけないものだと感じてすぐにその場を立ち去るようにしていたが、どういうことをするのかは大体分かった。

組み合わせは男と女に限らず男同士で睦《むつ》み合う者もいたので、それと同じことをすればいいはず。

「口で股間に吸い付いたり、互いの股間を擦り合わせたりすればよいのですよね？」

「まあ、おおむねそうだけど……色気のない言い方だなあ」

「猫様はよくご存じなので？」

「女性の扱いなら勉強したが、男はなぁ……興味ないから知識として知ってる程度だ」

長男は王位を継ぎ、次男はその補佐として国内に留まることもある。しかし三男ともなれば、国外に婿に行くのが通例だ。その際に『リモー国の男は女性の扱いをろくに知らない』などと不名誉な噂を流されぬよう、二人の兄が高級娼館で勉強をさせてくれたそうだ。

「おまえには俺が可愛い嫁を用意してやろうと思ってたのに、よりによってあんな無愛想な男に操《みさお》を捧げさせることになるとは」

「お心遣い、痛み入ります」

自分のせいでレミンが特大の悪い虫に食われる結果になることに、パストはひどく落ち込んだ様子だったが、落ち込んでばかりもいられないと思い直したのか、レミンに的確な助言を送る。

「軟膏《なんこう》を持ってきていただろう？　夜伽《よとぎ》を申しつけられた際には、それを潤滑剤として使え」

リモー国では薬草の収穫や栽培が盛んで、いろいろな薬がある。そんな中で、旅に出る際にパストに指示され、傷に塗ったり靴擦れしないように塗る軟膏を持ってきていた。

「潤滑剤として、どのように使用すればよいのでしょう」

「あー、えっとだな。入れるところに塗って滑りをよくするんだよ。男の穴は、女と違って濡《ぬ》れないから」

「男の穴とは?」

「尻だよ！　一物《いちもつ》を軟膏を塗った尻の穴に入れるんだよ！」

「ええっ?　お尻、に……入るんですか?」

あんなところにそんなものが入るのか?　と目を見開くレミンから、パストは視線を逸らしつつも説明を続ける。

「だからぁ……入れられるように解《ほぐ》して、潤滑油で滑らせて入れるんだ」

「なるほど。性器をただお尻の谷間に擦り付けていたわけではなかったのですね」

まれにのぞき見てしまった男同士の睦み合いで、片方が痛そうな顔をしていたことがあった。あれがそうだったのだろうと納得がいった。

「おまえとこんな話をすることにニャるとは……」

勉強になる話が聞けてよかったとレミンは嬉しかったが、パストの方は乳兄弟と性的な話をするのは気まずかったようだ。地面に頭がつきそうなほど俯いて首を振っていた。

「ローアシア王子は男も女もいけるらしいから、大まかなことは向こうに任せろ」

「そうですね。何でもお言いつけ通りにいたします」

他の人にできることなら、自分にもできるはず。指示されたことは何でも一所懸命取り組めば何とかなるはず。いや、してみせる！　と意気込むレミンを、パストは心配げに見つめる。

「うーん……それはなぁ……」

「猫様？」

「どうしても無理と思ったことや、怪我《けが》をさせられそうになったら、俺のことはいいから逃げろ」

「そんなことをしたら――」

「俺のせいでおまえが傷つくのは我慢ならない！　何か他に呪いを解く方法があるかもしれないだろ。無理はするな」

無理なことでもやらなければ、ローアシアの愛を得られず、パストは人間に戻れない。そんなことは絶対に避けたいと思ったのだが、レミンがパストを思い遣《や》るように、パストの方もレミンを思い遣ってくれていた。

「もったいないお言葉です」

物心つく前からずっと一緒に育ってきたレミンを、パストは実の兄弟以上に近しい大切な存在と感じてくれているのだろう。

けれどそれはレミンだとて同じこと。年より幼く見えるせいか弟扱いされているが、パストよりほんの数日だが先に生まれている。何より、パストは主として仕えるべき人だ。

「私にも従者としての矜持があります。どんなことをしてでも主を救う、それが従者というものです」

誇りをなくして生きるなど恥。これは自分自身のためでもあるとパストを説き伏せる。

「それにローアシア様は何だかご不自由な暮らしをさせられているようで、お気の毒です。あんなにおきれいな方なのに、にこりともされない」

少しでも温もりを感じて凍った心が解けたなら、微笑んでくれれば、どれほど美しいだろう。それを、見たい。

「まあ確かに、噂通りのすんごい美形だったな。……おまえ、ああいうのが好みか」

「好み、と言いましょうか……。冬の森を思わせる銀色の髪や凍った湖のような水色の瞳は大変美しいと思います。微笑まれましたらば、なおいっそうお美しいでしょうね」

「めちゃくちゃ気に入ってるじゃないか。……まあ、いいことなんだろうけど」

ひとしきり話し終えると、流石に疲れから眠気を感じ始めた。

レミンは板の上に藁《わら》とシーツをのせただけの簡素なベッドに横たわり、パストはその枕元で丸くなり、明日に備えて眠ることにした。

やはり慣れないことの連続で疲れていたレミンだったが、翌朝にはいつもの習慣で夜明けと共に目が覚めた。

まだ眠っているパストを起こさぬよう、そっとベッドを抜け出す。

――ここから、見えるかな。

昨日は暗くて外の様子は窺《うかが》えなかったが、夜が明けた今なら見える。小さな窓から顔を出し、城壁より遥《はる》か向こうに目をやれば、朝焼けに染まるビスマ山脈が朝靄《あさもや》の中にうっすらと見えた。

――あの山を、こんな形で越えることになるなんて……。

いつかは、婿入りするパストについてリモー国を離れることになると覚悟はあったが、こんな風に突然に、しかも重要な使命を帯びて旅立つなどと想像もしなかった。

レミンは大きく息をして冷たい空気を肺に吸い込み、感傷を振り払う。

――今日も一日、がんばらないと！

抱き上げてもまだ眠そうなパストを連れて召使い達が食事をする広間に向かい、パンとチーズと干し肉で朝食をすませ、宴が始まる午後まで城内を探索した。

『猫様』を気に入ったシャスカにあてがわれた部屋は、シャスカの部屋と同じ三階にあった。レミンの部屋は階段のすぐ横で、階段を挟んだ奥の突き当たりがシャスカの部屋。そして逆方向の突き当たりがローアシアの部屋だった。

シャスカの部屋には朝から何人もの侍女が出入りしていたが、ローアシアの部屋は静かなもの。どこまでも対照的な扱いが不思議だった。

日もすっかり昇り昼を過ぎる頃には、宴に招かれた貴族や使者達が集まりだす。するとそんな客人をもてなすため、芸人達は城門近くや中庭で芸を披露しはじめたのでレミンとパストもそれに倣った。

そこでも、人間のように二本足で立ち音楽に合わせて『踊る猫』は大人気だった。

宴でも今度はきちんと最後まで踊ったパストにパニドア国の使者は目を丸くし、ジエムート王は珍しい猫を鼻高々で自慢した。

変わったものや珍しいものを所有するのは、権力者の力を誇示することに繋《つな》がる。

ジエムート王の虚栄心を満たした『踊る猫』は、今後も城で芸を披露するようお墨付きをもらえた。

何よりシャスカがパストのことを気に入り、手放そうとしなかった。

ローアシアだけはパストの踊りもレミンの演奏にも興味がないようだったが、相変わらずの美しさで、その麗しい姿を見られるだけでレミンは満足だった。

そうして、レミンとパストのベアリス城での生活が始まった。

◆

滞在先が決まったところで、レミンは母親宛に『様々な国の人が集まるベアリス国の城内で情報収集に当たる』と現状報告の手紙を出した。

母親からの返信によると、リモー国ではパストの行方について何の手がかりも見つからないことに王をはじめ国民はみな悲嘆に暮れているそうだが、ルーアだけは「精霊の加護で息子は生きている」と信じて気丈に振る舞っていると知り、胸が痛んだ。

パストの生存だけでも知らせたかったが、下手なことを伝えて呪いが解けなくなったら、パストは一生猫のままということになる。

ここはパストを人間に戻すことだけに集中することにしたが、そう簡単なことではなかった。

城に入り込むまではとんとん拍子に上手くいったが、そこから先は難しく苦戦を強《し》いられた。

楽師としてシャスカに雇われたレミンが、音楽に興味のないローアシアに近づくきっかけも機会もない。

シャスカの元には、貴族のご婦人がご機嫌伺いの名目で毎日のように噂話をしにやって来るので、レミンはリュートを奏でたりリモー国の情報——主にパストに関してだが、を乞われるままに話したりしなければならなかった。

パストも曲に合わせて踊ったり、膝の上に抱き上げられて触られまくったり、と大変な様子だ。

レミンは知らなかったが、身体の一部が白い黒猫は縁起がよいと言うのは噂やまじないに精通した女性達にはよく知られているようで、みんなパストを触りたがった。

リモー国でも城の客を演奏でもてなすことはあったが、こんなに再々来客はなかったので初めは集まった女性達の勢いに戸惑ったレミンだったが、日が経つにつれだんだんと慣れてきた。

今日も春に豊穣を願って開催される祭の際に身に着けるレースを編む、という名目でシャスカの部屋に集まった六人ほどの貴族のご婦人方が、レースを編む手を止めておしゃべりに夢中になっていた。

「リモー国のパスト王子が『花嫁探し』の旅に出られたそうですよ」

会話の邪魔にならないよう静かな曲を演奏していたレミンは、パストの名前と意外な話の内容に思わず手を止めてしまった。

今日の来客は、ビスマ山脈近くに領地を持つ貴族の娘。山脈を隔てた向こう側のリモー国の噂も入ってくるようだが、失踪事件がどうしてそんな話になったのか。

やはり噂は当てにならない、と乾いた笑いが漏れる。

当事者のパストも呆れたのか、シャスカの膝の上で『ないない』とばかりにゆらゆらしっぽを揺らしていたが、シャスカは興味津々《しんしん》で身を乗り出して話に食いつく。

「まあ、そうなの？　レミン」

「申し訳ございませんが、私は国外に出ておりますので詳しくは存じません」

下手なことは話せないので、自分が国を出た後の話でしょうと無難に逃げた。

しかし真偽不明でも『王子の花嫁探し』なんて格好の話の種のようで、ご婦人方はパストの噂話で盛り上がる。

「月のない夜のような漆黒の髪に、深い森を思わせる穏やかな緑の瞳の王子様なのでしょう？　お会いしてみたいわー」

「お美しい上に踊りもお上手で、軽やかな足捌《あしさば》きは草原を渡る風のようなのですって！」

「ベアリス国へおいでになられればよいのに。シャスカ様となら、きっと似合いのご夫婦になられますわ」

美男美女の取り合わせを夢想してうっとりとなる侍女に、シャスカはそうなればいいけれどと頷きつつも、その顔はどこか愁《うれ》いを帯びていた。

「何でも一つだけ願いが叶う『魔女の水晶』でもあれば、願うことができるでしょうけれど」

姫に限らず、女性が望む相手と結婚できることなどまれ。夢物語ねと寂しく笑った。

「皆様、お茶は如何でしょうか？」

こう会話が盛り上がっては演奏など聴いてもらえそうになかったので、レミンはお茶を淹《い》れてもてなすことにした。

暖炉で沸かしておいたお湯で、茶葉が広がりやすい丸くて大きめのポットに人数分の茶葉を入れる。その後は茶葉が開くまで待ち、雑味が出ないよう静かにカップに注ぐ。

「ありがとう、レミン。いい香りね」

シャスカは受け取ったカップに口をつける前に、まずはカップから立ち上る香りを楽しむ。

長いまつげを軽く伏せて微笑むシャスカを、パストは膝の上から目を細めて見上げる。

きっと祖国のお茶を気に入ってもらえて嬉しいのだろう、と良さを売り込む。

「リモー国のソケイという花のお茶でございます。心を静めて安らいだ気持ちになる効果があると言われております」

「美肌効果もあるのでしょう？」

「まあ、素敵！」

物知りなシャスカの「美肌」という言葉に、みんな大喜びで飛びついてくる。

——母上がいろいろと送ってくれていてよかった。

母親に手紙を出した際、情報を得るため周囲の役に立つ存在になれるよう必要なものを送ってほしい、と頼んだのだ。

ベアリス国の噂と流行《はや》り物が大好きな姫の話はリモー国にも伝わっていたので、母親は『姫に気に入られるように』と若い女性が好みそうな香草茶やリモー国製の茶器などを送ってくれた。それらが役に立っている。

これを利用して何とかローアシアにも近づけないか、考えを巡らせる。

「……あの、ローアシア様にもこちらのお茶をお持ちしてよろしいでしょうか？」

「え？　……それは構わないけれど、どうして？」

「リモー国の自慢のお茶を、多くの方に味わっていただきたくて」

シャスカから大きな水色の目で凝視されて内心焦ったが、郷土愛からで深い意味はない風を装えば、納得をしてもらえたようだ。

ローアシアは、午前中は弓や剣の鍛錬のため中庭の剣技場に出ているので、帰ってきたらお茶を振る舞うようにと指示された。

パストはシャスカの膝の上で、編みかけのレースにちょっかいを出す可愛い仕草を見せて喜ばれている。

レミンの演奏がなくても、パストがいればシャスカはご機嫌なようだ。

どこの城にもネズミ退治に猫が飼われていて、ここでも猫を見かける。しかしさほど人に懐いている感じはないので、こんな風に懐かれるのはシャスカには新鮮で楽しいようだ。

猫になった今のパストなら城の猫と話ができるのではと思ったのだが、猫たちはあまり人間に関心がなく、「エサをくれる人」「乱暴な人」「撫でてくれる人」程度にしか認識しておらず、こちらが必要とするような情報は聞き出せなかった。

しかしご婦人方の噂からは何か得られるかもしれない。

シャスカとご婦人方の接待はパストに任せ、お茶を淹れるという名目を得たレミンはローアシアの部屋へと向かった。

ローアシアが帰ってくる前に、レミンはまず部屋の暖炉に火を入れ、柵の脇に鉄瓶を置いて湯を沸かすことにした。

湯が沸くまでに、棚の上にあった空っぽの花瓶に花を生けて卓上に飾る。

「お茶を楽しむには、場所も整えなくてはね」

水車小屋の近くに咲いていた可憐な青い花を、水車番にことわって摘ませてもらった。

レミンは初めて見たが、ベアリス国では珍しくもない花のようで「そんなものどうするんだ」と水車番には笑われた。

だが、レミンはその花にとても心惹かれた。

よく晴れた冬の空を思わせる爽やかな青い花は、必要なものしか置かれていないローアシアの殺風景な部屋を明るくしてくれると思えたのだ。

「うん。やっぱりいい感じだ」

花を生け終え、他に何かできることはないかと考えていたところに、胸に紋章の入った赤い鍛錬着を着たローアシアが戻ってきた。

少し疲れた様子も乱れた髪も、それはそれでまた美しい。

「お帰りなさいませ、ローアシア様」

ローアシアは誰もいないと思っていた部屋にレミンがいたことに驚いたようだったが、特に言葉はなかった。

だが卓上の花に気づいたローアシアは、怒気もあらわにつかつかと机に歩み寄ると、花を花瓶ごとなぎ払った。

銅製の花瓶はガランと大きな音を響かせて転がり、花も水も床に飛び散ってひどい有様になった。

「な、何を？　あっ！　――申し訳ございません！」

突然のことに驚いたが、嫌悪の表情を浮かべるローアシアの顔を見て、自分が何か癪《しゃく》に障ることをしでかしたと気づき深く頭を下げる。

「ローアシア様のお嫌いな花とは存じあげず、大変申し訳ございませんでした」

「……知らなかったのか」

「はい！　お嫌いと知っていれば、決して飾ったりいたしませんでした！」

わざとではないと必死で弁解して詫びるレミンに、ローアシアは険しい表情を少し和らげ、軽く口元をゆがめる。

「それは、墓花だ」

「ええっ！　それは大変失礼をいたしました！」

嫌いな花より、なお悪い。墓に供える花を部屋に飾るなんて縁起が悪いことをされれば、誰だって怒る。リモー国でも、騎士に墓花を贈るのは『おまえを地獄に送ってやる』という意味の挑発行為になる。

とんでもない大失態に、胸がぞわりとして冷や汗が吹き出す。

「私の故郷では見たことがない花でしたので墓花とは寡聞にして存じず、ただただきれいな花だと――本当に申し訳ございません」

「以後気を付けよ」

「はい！」

再び深々と頭を下げるレミンから顔を背け、ローアシアは窓際の長椅子に座って休息する。

大変な失態だったが、異国者故の無知として許してもらえたようだ。

しかし無知で許されるのはこれきりだろう。もっとベアリス国のことについて学ぼうと肝《きも》に銘じた。

とにかく、今は水浸しになった床を何とかしなければ。

零《こぼ》れた水を拭き、床に落ちた花を捨てずにわざわざ花瓶に生け直すレミンに、ローアシアは胡乱な眼差しを向ける。

墓花などどうする気だという目つきと解釈し、説明する。

「これは私の部屋に飾ります。きれいな花ですので、捨てるのは忍びないです」

墓花だとしても、見慣れないレミンにはとっては美しい花としか感じられなくて、萎《しお》れるまで眺めていたい。

目を細めて花を愛でるレミンを無表情で見つめていたローアシアが、ぼそりと呟く。

「その花には、毒があるぞ」

「なるほど！　リモー国でも毒のある花を墓地に植えて、動物に遺体を荒らされないようにしています」

墓場に茎や根に毒のある草花を植えることで埋葬した遺体を食い荒らす獣から守る、という習慣はどこにでもあることのようだ。

水車小屋の近くに咲いていたのも、水車小屋で挽《ひ》く麦を狙うネズミを避《よ》ける意味があったのだ。猫を飼っているレミンがネズミを恐れるなんて、滑稽だから水車番は笑ったのだろう。

しかし遠く離れた地で故郷との共通点を見つけると、何だか嬉しくなって心が弾む。

「リモー国の墓花のアレンカは、真っ赤な血の色の花なので夕暮れ時などは少し怖く感じるのですが、この花は青いので夕暮れでも爽やかできれいでしょうね」

「……青い花が好きなのか？」

「はい。リモー国では春になると平原に水色のコスという花が咲き乱れまして、大地か空か分からなくなるほどで、それはそれは美しいのでございます。ローアシア様も一度ご覧になれば、きっとお気に召されますよ」

コスの花畑に銀の髪と水色の瞳のローアシアが佇《たたず》んでいる様は、想像しただけでため息が出そうなほど美しい。実現したらどれほどよいかと思ったけれど、ローアシアは花には興味がないのか、返事はなかった。

ローアシアはレミンから顔を背けて窓の方を向いてしまいそれきり話は続かなかったが、初めて会話ができた。

とんでもない失敗をしたが、怪我の功名だったようだ。

無愛想ではあるが、毒のある花だから扱いは気を付けるようにと教えてくれたローアシアは、気むずかしくとも優しいところがあると分かったのもよかった。

花の片付けがすんで、ようやく本来の目的が果たせると思ったのだが、その前に気になることがあった。

「シャスカ姫様からのお言いつけでリモー国のお茶を淹れに参ったのでございますが、その前にお召し替えをなさいませ」

もう十月も末だが鍛錬をしてきたのなら汗をかいたはず、とローアシアの返事も待たずに衣装櫃《いしょうびつ》を開けて替えの肌着を取り出す。

普段着の浅黄色《あさぎいろ》のサーコートと肌着を手にして、長椅子に座ったままのローアシアの元へ向かう。

「お早くお召し替えを」

急かしてもまるで着替える気がないローアシアの前に膝をついてベルトを外し、サーコートの裾をぐいぐい引き上げて脱がす。

なかなか着替えてくれない程度の駄々は、パストによくやられて慣れっこになっていた。

汗で少し湿った綿の肌着も脱がせにかかると、流石に子供でもないのに人に着替えさせられるのは気まずくなったのか、ローアシアは自分から肌着を脱いだ。

服を着ていても分かったが、改めて裸を見るとローアシアは無駄な脂肪がなく、きっちりと筋肉がついた均整の取れた身体をしていた。

やっぱり美しいなと感心したが、それよりも風邪を引かれては大変だという意識の方が強く、レミンはてきぱきとタオルで身体を拭いて衣服を着せた。

「ずいぶんと手慣れているな」

「はい。私は楽師になる前は、小姓をしておりましたので。あの……ローアシア様の従者の方はどちらに？」

普通、王子なら専属の従者がついているはずなのにと訊ねてみたが、ローアシアから返事はなかった。

どうやらローアシアには、専属の従者も小姓もついていないようだ。

——そういえば、よく従者をやめさせるんだっけ。

専属従者が不在だとしたら、絶好の機会だと思えた。

着替えをすませたローアシアに、お茶を出す際に意を決して切り出してみた。

「ローアシア様。もしよろしければ、私をローアシア様の従者にしていただけませんでしょうか？」

「……何？」

「私は、楽師より従者になりたかったのでございます！」

「ならば何故、楽師をしている」

すべて見透かすかのような鋭い眼差しの前に、嘘をつくのが躊躇《ためら》われる。けれどすべてはパストの呪いを解くため。なるべく嘘のないよう、身元を作る。

「私は……下級貴族の出身で、小姓として十五歳まで身分のある方にお仕えしておりました。ですが……早くに父親を亡くし他に援助をしてくれる親族もない身では、金どころか銀の拍車すら用意できず、それで楽師に……」

貴族の息子は通常、有力な貴族か王の城で小姓となり、そこで働きながら貴族社会の慣習や礼儀作法を身につける。弓や乗馬も習得して狩や戦場に追従できる年齢になれば従者となり、経験を積んでゆくゆくは騎士となる。

しかし従者になるには、主に追従できるよう馬や銀の拍車などの装備をそろえなければならない。さらに騎士ともなれば、金の拍車に剣や甲冑《かっちゅう》なども必要になる。

レミンも母親の他に頼れる身寄りはなかったが、ルーアが「パストの従者はレミンしか考えられないわ」と必要なものをそろえてくれたおかげで従者になれた。

しかしそんな厚遇は滅多に受けられるものではない。

資金がなくても音楽の才がある者ならば、楽師や吟遊詩人になる道がある。ルーアの援助がなければ、レミンも本当に楽師になっていたかもしれない。

そうなっていた自分を想像して演じる。

「今ならば……楽師として稼いだお金があるので、銀の拍車を用意できます。従者をしつつ楽師も続ければ、金の拍車も買えるかもしれません。根無し草な楽師より騎士になれれば、母も安心してくれるでしょう」

「母親のため、か」

シャスカの楽師としての仕事もあるが、シャスカは猫のパストのことが気に入っている。今のようにパストがシャスカのお相手をしてくれれば、レミンはローアシアの従者として側にいられる。

――愛を得るには、まずお側近くにいなければ。

必死に願い出るレミンに、ローアシアは「シャスカが許可をすれば」と条件付きでだが従者となることを認めてくれた。

ただローアシアは乗り気ではないようで、シャスカに許可を取りに行くレミンの背中に「いつまで続くか」とぼそりと呟いた。

確か以前もそんなことを呟いていらしたと思い返しつつシャスカの部屋へ戻ると、もう昼食の時間が近いので客のご婦人方は先に大広間に移動していて、部屋にはシャスカとお付きの侍女しかいなかった。

食卓には主催者が最後に席に着く決まりなので、支度が調うのを待っているのだ。

他に人がいないのは幸いだ。早速シャスカに、ローアシアの従者になりたいと申し出てみた。

「……そういうわけで、楽師の仕事とローアシア様の従者を兼任させていただけないでしょうか？　どちらの仕事も誠心誠意がんばりますので、どうかご許可を！」

「それはいいけれど、シア兄様の従者になりたいなんて物好きね」

「物好き、でしょうか？　ベアリス国ほどの王子にお仕えできるなど、夢のようにありがたいお話です」

「それはそうか。だけど、大変よー？」

大変だと言いつつも、シャスカは楽しそうに膝の上のパストの背を撫でる。

レミンがローアシアの部屋に行っていた間、ずっとパストは姫の膝に陣取っていたようだ。

「私、猫が好きみたい。今までこんなに人懐こい猫はいなかったから知らなかったけど、猫って可愛いわ。それとも、やっぱりこの子が特別な猫なのかしら」

シャスカが目を細めて愛《いと》おしげにパストを見つめれば、パストの方もまんざらではないようでうっとりと見上げる。

ローアシアの従者になれば、レミンはパストから離れることが多くなるのではと心配だったのだが、シャスカの元にいれば安全だと安心できた。

結局、レミンがローアシアの従者を務める間はパストをシャスカの元にやる、という条件でお許しをいただけた。

それればかりか、馬はシャスカの所有する馬を貸与してもらえることになった。

これでローアシアが狩や外遊に出かけることになっても、レミンも一緒に行くことができる。

「ありがとうございます、シャスカ様。ご恩に報いるべく、従者としてしっかりとローアシア様にお仕えさせていただきます」

「……いろいろあると思うけど、がんばってね」

「はい！」

シャスカは、気むずかしいところがあるローアシアの世話は大変だと心配してくれているのだろうと思ったが、ことはそう単純ではなかった。

食卓が調ったと知らせを受けたシャスカがパストを抱いて大広間へ向かい、レミンもついて行こうとしたとき、シャスカの侍女頭《がしら》のイベルカに呼び止められた。

「何のご用でございましょう？」

「ローアシア様にお仕えするのなら、知っておいてほしい話があるのです」

「知っておくべき話、ですか……」

普段は母親のようにシャスカを穏やかに見守っているイベルカの険しい表情と、ローアシアに関する情報が得られる期待に背筋が伸びる。

「あなたは余所《よそ》の国の方だけれど、真面目で献身的です。あなたになら……ローアシア様が何故、父親であるジエムート様に虐《しいた》げられているか、お話ししてもよいでしょう」

「ぜひお聞かせください！」

それはシャスカの言った「いろいろある」理由についての話だった。

イベルカは十四歳からもう二十年間もこの城に仕えていて、以前はネグビア妃の侍女として、ローアシアがまだ幼かった頃から側で彼を見てきたそうだ。

「ローアシア様も、子供の頃は素直で優しく快活な王子であらせられたのです。――あの日までは」

深いため息をついて、イベルカはローアシアが『愛を知らない王子』となった十二年前の出来事を語りはじめた。


今の無口で無愛想なローアシアからは想像もつかないが、子供の頃の彼はよくしゃべりよく笑う、愛らしい少年だったそうだ。

王をはじめ城中の人々から愛される幸せな王子は、周りの期待に応えるべく帝王学を学び健やかに成長していた。

しかし母親である王妃のネグビアが亡くなってから、その生活は一変した。

母親を亡くしたのみならず、父親の愛も失ったのだ。

それは、ネグビアの秘密が明らかになったことが原因だった。

ジエムート王には、ネグビアが亡くなる七年前に戦死したモドレートという弟がいた。そのモドレートとネグビアの交わした恋文が、ネグビアの死後に見つかったのだ。

ネグビアは心臓の病で突然に亡くなったのだが、生前、自分が死ねば衣装櫃に隠した恋文の入った文箱《ふばこ》を火にくべて誰の目にも触れさせぬように、と忠実な侍女頭に命じていた。

しかしネグビアの突然の死に動揺した侍女が燃やす前に、ジエムート王が文箱を見つけてしまったのだ。

伯爵《はくしゃく》家の娘のネグビアは、銀色の髪に水色の目を持つ美少女だったが身体が弱く、避暑地の別荘で過ごしていた。その避暑地でモドレートと出会い、二人は恋に落ちた。

ネグビアはモドレートのために避暑地から宮廷へ戻ったのだが、そんなこととは知らないジエムート王に見初《みそ》められた。

ジエムート王からの熱烈な求愛と王に取り入りたい親からの圧力もあり、ネグビアは逆らうことができずにジエムート王と結婚をした。

モドレートも王弟として城に住んでいたことから、かつて愛し合っていた二人が義理の姉弟として同じ城内で暮らすことになったのだ。

ネグビアの結婚後、二人は密かに手紙のやりとりをするだけの仲だったようだが、疑心暗鬼になったジエムート王はネグビアが不貞を働いていたと思い込み、ローアシアが自分の子ではないのではと疑った。

そうして、モドレートが戦死した数年後に授かった間違いなく自分の子であるシャスカに王位を継がせたい、と考えるようになったようだ。

しかし兄を差し置いて妹を即位させるには、世間に理由を説明しなければならなくなる。

だがローアシアが実子ではない疑いがあると公表をするのは、自分が妻を寝取られたという不名誉を知られることで、どうしても避けたい。

疑惑を知られずシャスカに王位を譲るため、なんとかしてローアシアを貶《おとし》めて王位継承権を失わせたかった。

そんなジエムート王の露骨な態度に、周りが気づかぬはずもない。

やがて、ジエムート王がローアシアを実子ではないと疑っているという噂は静かに城内に広がり、それまでローアシアに仕えていた家臣達はみなシャスカに取り入り、王の機嫌をとるためローアシアを邪険に扱うようになった。

突然の手のひら返しに訳も分からず戸惑っていたローアシアだったが、人の口に戸は立てられぬ。口さがない人々の噂話は彼の耳にも入り、自分が不義の子だから父親から嫌われたと知ってしまった。

淑《しと》やかで慎ましいと思っていた母親が不貞を働いていたこと、自分を愛してくれていると思っていた周囲が、ただ王位継承者だから大切にしてくれていただけだったこと。

信じていたものすべてが偽りだったなんて。

辛《つら》い現実が、まだ十歳の子供だったローアシアの心に大きな傷を付けた。

その傷に塩をすり込むように、今もなおジエムート王や周囲からのむごい仕打ちは続いている。

通常、城主である王が不在の際は后が城のことを取り仕切るのだが、女性不信に陥ったジエムート王はネグビアを亡くしてから正妻を持たなかった。

狩り場の森近くの荘園に妾《めかけ》を囲い、月のうち何日かはそちらに滞在して城を留守にするようになったが、その間の后の役割は娘のシャスカに担わせた。

今でこそ立派に役目を果たしているが、当時はまだ五歳だったシャスカにそんなことができるはずもない。

実際はネグビアの補佐役だった女性が務め、七年後にその女性も亡くなると、十七歳になっていたローアシアが陰で取り仕切るようになった。

けれどそのことを、誰もが見て見ぬふりをした。

王の不在時にベアリス国がひどい寒波に襲われた際も、シャスカが貧しい者達に施す毛布と薪《まき》を素早く配ったおかげで城下町に凍死者は一人も出なかったとされているが、実際にはローアシアがすべて手配し、幼いシャスカは書類に署名をしただけだった。

しかしジエムート王は、その件でシャスカを褒め称える歌を吟遊詩人に作らせた。

諸国を巡る吟遊詩人は、よい広報係になる。

王は吟遊詩人に戦争での勝利を歌にさせ、自分がどれだけ勇敢で偉大かを周辺の国々に広める。王子や姫についても、よりよい縁談を摑むため、とにかく褒めちぎらせる。

吟遊詩人にかかれば王子は誰もが勇敢で偉大、姫君は美しく歌や刺繡が上手いことになるのだが、その真偽を確かめるすべはない他国の者は、勇敢な王子や美しい姫を夢想して憧れることになる。

そんなわけで『勇敢な王子と美しい姫』の歌なら掃いて捨てるほどあるが、ジエムート王が作らせた『シャスカ姫がせっせと倉庫番に指示を出す間、ローアシア王子は暖炉の前で居眠りしていた』という内容の『マヌケな王子と賢い姫』の歌は、珍しさから大衆に受けた。

歌われるうちに王子はより愚かに、姫はより賢く歌詞が変化し、それが事実であるかのように広まった。

レミンがこれまでに耳にしていた世間にあふれるローアシアのひどい噂は、ジエムート王がローアシアを『王位にふさわしくない愚か者』と世間に思わせるため意図的に流したものだったのだ。

イベルカの話を聞き終えたとき、レミンの頰には知らぬ間に涙がつたっていた。

イベルカも、目尻にたまった涙をそっと拭《ぬぐ》う。

「私たちネグビア妃にお仕えしていた者があの文箱を燃やしてさえいれば、ローアシア様はこのようなことにならずにすんだのです」

慚愧《ざんき》に堪《た》えず唇を嚙むイベルカに、レミンは強く首を振る。

「いいえ！　いいえ！　決してあなたたちのせいではありません。ローアシア様にも、まったく何の罪もないのに……それなのに……」

生まれた子の父親が誰であれ、子供に罪はない。疑い憎んでしまうジエムート王の気持ちは、理解はできるが決して肯定できるものではない。

今のこの状況は、みんなを苦しめているだけで、誰も幸せになれない歪んだ状況だ。

ただの従者に事態を打開する力はないが、せめてローアシアの傷を少しなりとも癒やしたい。

自分にできることは何か、レミンはずっと考え続けた。

夜になり自室でパストと二人きりになってから、レミンはパストにもイベルカから聞かされた話を伝えた。

「……こんな状況で、誰かを信じたり愛したりできるはずもないです」

できることなら過去にさかのぼり、幼いローアシアを守りたいとすら思うほどひどい話だった。

愛を知らないのではなく、愛を信じられなくなったのだ。愛された記憶があるだけ、余計に辛い。だからこれ以上傷つかないために、誰も側に寄せ付けないことで自分を守っているのだろう。

「……ずっと幸せに暮らしてきた私が、辛い思いをしてこられたローアシア様のお気持ちに寄り添うことができるのでしょうか?」

同情や哀れみは尊厳を傷付けるだろう。何をどうすればいいのか分からない。

悩みが肩にのし掛かったかのように重くて俯いてしまうレミンに、パストは明るい調子で答える。

「普段通りのおまえでいいんじゃニャいか?」

「普段通り?」

「幸せに暮らしてきたのは悪いことじゃない。それに、どうすれば幸せになれるかは知っているだろう？　それをしろ」

　パストの言葉を、自分なりに解釈してみる。

「……自分がどういうときに『幸せだ』と感じたかを思い返して、それをローアシア様にして差し上げればよい、と？」

「俺はおまえと一緒に育って幸せだった。だから、今度はローアシアを幸せにしてやれ」

　これまでの感謝を伝えるように満足げに目を細めて身体をすり寄せてくる、パストの温もりと柔らかさが心地よい。自分を信じて励ましてくれる存在のあることが、俯いていた気持ちまで上向きにする。

「もったいないお言葉、痛み入ります。微力ながら、ローアシア様のため精一杯お仕えさせていただきます！」

　ローアシアを救うことが、パストを救うことにも繋がる。誰にとってもよいことだ。

　この時レミンは、そう単純に思っていた。

◆

　世間の噂では、ローアシアは『狩好きの怠け者』と言われていたが、側近くに仕えてみるとまるで正反対だった。

午前中は剣技や武術の稽古、午後からは領土内の作物の出来に関する報告や隣国の情勢の報告などを受ける、と王と変わらぬほどの仕事をこなしていた。

こんな勤勉で働き者のローアシアが、ジエムート王の流した噂のせいであざけり謗《そし》られていると思うと本当に腹が立つ。

当のジエムート王の方が王としての仕事を子供達任せにし、狩だ領土の視察だとしょっちゅう城を空けているのには、もはや怒りを通り越して呆れる。

だがいないならいないで、都合のいいこともあった。

ジエムート王からローアシアへの嫌がらせは多岐にわたっていたが、レミンはそれらを片っ端から改善していくことにした。

日の出と共に起床するローアシアに合わせ、レミンはこれまで以上に早く日の出前に起きだして準備をするようになった。

早起きは苦ではなかったが、眠っているローアシアを起こすのには毎朝苦労した。

といってもローアシアが朝に弱いのではなく、眠っているローアシアもずっと見ていたいほど美しくて、起こすのが忍びなくて困るのだ。

レミン達召使いのベッドは藁が使われているが、貴族や王族のベッドはすきま風よけの天《てん》蓋《がい》がかけられ、羽毛や動物の毛を詰めたクッションが敷かれていて柔らかい。そのふかふかのクッションの上にシーツをかけて使う。

枕もふかふかなので、白く柔らかな枕に頭を預けて眠っているローアシアの姿は、絵画で見る天上の神のよう。

眉間に皺《しわ》を寄せることもなく穏やかに眠っているローアシアを起こすのは、罪悪とすら思える。けれど伏せられたまつげも美しいが、さらに美しいその瞼《まぶた》の下の澄んだ湖のような水色を見るためだ、と自分に言い聞かせて声をかける。

「おはようございます、ローアシア様。朝のお茶でございます」

ベッドに眠るローアシアの顔をのぞき込めば、ローアシアはすぐに目を開け、声をかけてきたのが誰か確認するよう、じっとレミンを見つめてから起き上がる。

ローアシアの瞼が開くその瞬間は、まるで突然目の前に美しい湖が現れたかのようで、毎朝見ても見飽きなかった。

なるべく静かにするよう心がけてはいるが、朝の準備にレミンが室内をうろついているため眠りからは覚めているだろう。

それでもレミンが起こすまで寝たふりをしているのは、きっと優しいからだと思うことにしていたが、後から理由を聞かされた時には赤面する羽目になった。

それはさておき、ローアシアが目を覚ませば、まずはベッドに温かいお茶を運ぶ。

ベアリス国にはない習慣のようだが、リモー国では『朝のお茶は万病よけになる』と起き掛けにお茶を飲む。

そのためレミンが朝一番にする仕事は、ローアシアの部屋の暖炉で湯を沸かすこと。その湯でお茶を淹れ、残った湯は桶《おけ》に移して朝の洗顔に使ってもらう。

ベアリス国はリモー国より暖かい気候だが、それでも十一月も過ぎれば朝はぐっと冷え込む。冷たい水で洗った方が頭は冴《さ》えるかもしれないが、冷たい水は心臓をひやりとさせてよくないと、どちらもローアシアの健康を考えてのこと。

最初にお茶を出したときは怪訝な顔をされたものだが、ローアシアは何も言わずに飲んでくれた。

ローアシアがお茶を飲み終え顔を洗っている間に、テーブルに朝食を並べる。

来客のある場合の食事は皆が大広間でとるが、普段の食事はそれぞれの部屋に運ばれる。

ジエムート王とシャスカの食事は調理してすぐに運ばれるから温かいのに、ローアシアの食事だけは『毒味をすませてから』というジエムート王の命令で冷えた状態で出されていた。

毒味と言っても形だけ。調理場の誰かが一口ずつ食べて異常が出ないかしばらく様子を見てから運ぶので、料理はすっかり冷めてしまう。

しかし本当に毒味なら王や姫の食事にも必要なはずだから、これもただの嫌がらせ。

みんな茶番と分かっているが、王の命令に背くわけにもいかない。

レミンも従わざるを得なかったが、しばらくすると名案を思いついた。

毒味がすんだ後の料理をどうしようと、それは勝手なはず。温め直せるものは温めればいい、とローアシアの部屋の暖炉でお湯を沸かす時に石も一緒に温めた。

もちろんただの石ではなく、母親から送ってもらっていた調理に使う特別な『イグニ石』。火の山の神からの恵みと言われるイグニ石は、火山の噴石が地中で固まってできた硬くて熱に強い石だ。

そのイグニ石をたき火で熱して食材の入った鍋に放り込んで一気に沸騰させるのが、リモー国での一般的な野営の際の調理法。それを応用しようというわけだ。

冷えて油が固まったスープを温めたいだけで沸騰まではさせなくていいので、分厚く丈夫な木の器にスープを入れて、そこに適度に熱したイグニ石を放り込んで温める。スープが温まれば皿によそうので、石は邪魔にならない。

チーズは鉄串に刺して火であぶり、とろけさせてからパンにのせる。

この温かい食事にも、ローアシアは何も言いはしなかった。

だが冷たい朝食の時はあまり食べなかったのが、今ではきれいに平らげてくれるようになったのが嬉しい。

「今朝、食事を取りに参りましたら、厨房の暖炉の脇で何かがもそもそ動いたから大きなネズミかと驚きました。でもよく見たら小姓のジルで、今朝はあんまり寒かったから暖炉で温まっていたのです。私も子供の頃はよく朝の厨房に暖をとりに行ったものです」

朝の食事に給仕はほとんど必要ないので、ローアシアの後ろに控えたレミンは、退屈しのぎにでもなれば取るに足らない雑談をする。

いつもはローアシアから相づちも何もないのだけれど、今朝は違った。

「……朝から石を焼くのは面倒だろう」

「いいえ。お湯を沸かすついでですので。あっ！　もしかしてバタバタしていてうるさかったでしょうか？」

だとしたら申し訳ない。他の手段を考えねば、と思ったがそうではなかった。

「うるさくはない。ただ……おまえがここで毒味をすればすむ話だろう」

前の宴の時の料理のように、レミンが目の前で食べればいいということのようだ。

「私ごときが毒味係でよろしいのでしょうか？」

「私と同じ時に同じものを食べよ」

そうすれば、『毒味をする』というジエムート王の言いつけを守りつつ、ローアシアが温かい食事がとれて合理的ということか。

「それは承知いたしましたが……本当に朝からうるさくてご迷惑だったのではないですか？」

「うるさくない」

「ですが、お起こしする前に目覚めておいでですよね？」

寝たふりをしてくれているのに気づいている、と伝えてみるとローアシアは珍しく動揺したようで軽く肩をふるわせた。

「起きておられるのに目をお開けにならないのは、お気を使わせていたのではと……」

他に理由が思いつかなかったのだが、ローアシアの口から返ってきたのは、予想外の答えだった。

「……目を開けてすぐにおまえの瞳を見ると、曇りの日でも雨の日でも太陽が見られたようで……気分がいい」

「え！　私の目、ですか」

レミンが顔を近づけて起こしに来るのを待っていたとは、驚きに目を見開いてしまう。

そんなレミンの目を、ローアシアはまじまじと見つめてくる。

「おまえの瞳は、太陽の色だ」

「太陽、ですか。嬉しいお言葉です！」

リモー国でも、特に美しい金色の目は『太陽の目』と表される。それはとても名誉なことなので純粋に嬉しい。

思わず顔がにやけてしまったレミンに、ローアシアは眩しげに目を細める。

「……温かくて、眩しい」

「光は放っておりませんので、眩しくはないかと？」

太陽の色とはいっても実際に光っているわけではない、と真面目に答えれば、ローアシアは少し俯き口の端を上げた。

――今、笑った？

そう感じたが、ローアシアはすぐにいつもの無表情に変わり食事を続けた。

ローアシアが食事を終えると、レミンは食べ終えた食器を返しに厨房へ向かうのだが、部屋を出た途端、その場に立ち止まった。

「ローアシア様が……笑ってくださった、気がする」

気のせいだったとしても、分厚い雲の切れ間から僅かに光が差したのを見たときのような神々しさを感じた。微かだが、まさに希望の光が見えたようで胸が震える。

「ンニャー……」

扉の前で食器を持ったままにやつくレミンに、廊下にいたパストは怪訝な眼差しを向けたが、喜ばずにはいられなかった。

もっとローアシアに笑ってほしくて、レミンはさらに従者としての腕を振ることにした。

◆

ローアシアのためにもっと居心地のいい環境を整えようと、レミンは部屋の掃除だけでなく衣服にも目を向けた。

着替えの手伝いの際に気づいたのだが、ローアシアの肌着はどれも新しいものばかりだった。

一見よいことのようだが、新しい肌着は生地の縫い目が肌にすれて着心地が悪い。何度か洗濯を繰り返せば柔らかく肌当たりがよくなるのに、その前に新品と取り替えられてしまうので、ローアシアはいつも肌触りの悪い肌着を身に着ける羽目になっていた。

収穫祭の日に汚された礼服も洗濯場から戻ってきていたので、染みなど残っていないか調べてみて、裏地がついていないことに気がついた。

豪華な刺繍は見た目はよいが、肌着を着ていてもごつごつとしていて肌触りが悪い。だから裏地をつけるのだが、この服にはそれがない。

体面をおもんぱかって豪華な服を着させるが、その服は実は苦しめるためのものだなんて。

「ひどいことを……」

華やかで豪華な衣装を手にして口をつくのがこんな言葉だとは、悲しいことだ。

自分は何も悪くないし、どうすることもできないことでこんな理不尽な目に遭わされ続ければ、誰も信じたり愛したりできはしないだろう。

しかし料理長も召使いも、みんなジエムート王の指示に従っているだけで、ローアシアを嫌っているわけではない。だから指示されたことはするが、レミンがその指示を無効にするようなことをしても、何も言わない。

見て見ぬふりをしてくれるのをいいことに、レミンはローアシアの肌着を着心地がよくなるまで洗濯して使うことにした。

用意される新しい肌着は、何枚かためてから貧しい民への施しとして配れば無駄にならない。施しの書類にはジエムート王かシャスカのサインがいるが、シャスカならきっと喜んでしてくれるだろうとパストが太鼓判を押した。

レミンは従者になってからローアシアにほぼつきっきりで、楽師としての仕事は来客時にこなす程度になっていた。

だがシャスカはパストさえいれば満足なようで、パストは確実にシャスカの心を掴んで寵愛されていてうらやましい限りだ。

自分もローアシアのお気に入りになれるようがんばろう、と発奮させられた。

考えつく限りのことをしようと、レミンは朝だけでなく夜にもお茶を出すことにした。

就寝前のひととき、部屋着に着替えて読書をするのがローアシアの日課。その時間にお茶を出す。

熱湯で素早く淹れて香りを引き出した炒《い》り茶は、就寝前に飲んでも目が冴えず、その香りで気分が落ち着いてよく眠れると言われている。

「ミプル山の炒り茶でございます」

「……おまえの父の故郷のものか」

「え？　は、はい！」

ミプル山の茶葉は特に炒り茶に向いているので選んだのだが、確かにレミンの父親の出身地の名産品であった。

さすがは敵対国の多いベアリス国。城内には拍子抜けするほどあっさり入り込めたが、その後でレミンの身元の調査はされていたようだ。

しかし王子の従者としてふさわしい出自かを調べられただけで、レミンがパスト王子に仕えていたということまでは知られていないようで、ひとまず胸をなで下ろす。

レミンの父親のビリスは、リモー国の西部にあるミプル山の麓《ふもと》に領土を持つマリソ男爵《だんしゃく》の四男だった。

マリソ男爵家の領土は狭く、主な作物は茶葉くらい。男爵が亡くなると長男は爵位と領土を継ぎ、次男は茶畑で生産する権利を、三男が茶の販売の許可をもらうと、四男には何も残らなかった。

ひどい話だが、下級貴族の末弟にはよくあること。

だからビリスは、馬と僅かな金をもらって故郷を出て騎士として働くことにした、と母親から聞いた。

「ミプル山とはどんなところだ？」

ローアシアは読んでいた本を机に置き、お茶を手にして側近くに控えるレミンを見上げる。

「訪れたことはございませんが、茶葉の生産に向いた霧《きり》深い土地と聞いております」

「父から聞いたか」

「いえ。父は私が生まれてすぐに亡くなりました。暴走した馬車を身を挺《てい》して止め、市井の人を守ったそうです。私もそのような立派な騎士になりたいです」

「……そうか」

父親に虐げられているローアシアに父親の自慢などしていいものか逡巡《しゅんじゅん》したが、世間には尊敬のできる父親もいるということくらい、賢いローアシアなら分かっているはず。

実際に、ローアシアは「立派な方だ」と同意してくれた。

従者になりたての頃は、話しかけても返事もしてもらえなかったのに、今では向こうから話しかけてくれるようにまでなった。

こっそり集めたローアシアの髪も、細紐《ほそひも》でも編めそうなほどたまった。

――さらに関係を深めて恋仲になるため、もっともっとお役に立つところを見せなければ。

そう考えたレミンは、以前に宴で汚された礼服を取り出した。

「お休みの前に、一度こちらの服を着てみていただけませんか？」

「その礼服がどうかしたのか」

「繻子織《しゅすおり》の布を裏に縫い付けてみたので、窮屈になってはいないかと思いまして」

もしも着心地に問題がなければ、他の礼服にも同じように裏地をつけたいと申し出るレミンに、ローアシアは半ば呆れたような顔で感心する。

「おまえは、裁縫までできるのか」

「母がしておりましたのを、見よう見まねで覚えました。ですが、仕立や刺繍まではできませんよ」

裁縫と言っても繕いができるくらい。あまり期待をされては困ると牽制《けんせい》してみたが、ローアシアはよほど感心したのか、裁縫ができるというレミンの手を取りしげしげと見入る。

「あ、あの？」

「この白くてしなやかな手で、何でもできるのだな」

「とんでもございません！　ですが、自分にできますことなら、何でもいたす所存です」

「何でも、か」

上着の袖から手を差し込まれ、するりと腕を撫でられる。

ふいの刺激に、ぞわっと全身総毛立ったが嫌悪感はない。ただ慣れないそわそわした感覚に戸惑う。

「あ、の……？」

「なめらかな肌だ」

「あ、ありがとうございます？」

リモー国では肌の色が白い人が多いので気にも留めなかったが、ベアリスに来てからは主に女性に肌の白さを羨ましがられた。

リモー国にいた頃は弓や剣の稽古もしていたが、今は楽師と従者の掛け持ちだけで忙しく、武術の鍛錬がおろそかになっている。そのせいでレミンの手は、女性のようになめらかなものになっていた。

騎士を目指す従者としてはゆゆしきことだが、その手の肌触りをローアシアが気に入ってくれたのなら幸いだ。

ローアシアはレミンの肌の感触を確かめるかのように腕から手まで指を滑らせ、手を握ってきた。

ローアシアから触れられた部分から伝わる熱は、自分の体温とさほど変わらないはず。それなのに、身体を巡る血の温度が上がったかのように身体が熱くなってくる。

こんなことは今までなかった。

自分はどうしてしまったのか、何か病気にでもかかったのではと思うほどおかしい。

「ローアシア様……」

手を離してもらったら治るかも、と思ったけれど離してほしくない気持ちもあって、何がどうなって自分がどうしたいのか、まるで分からない。

ローアシアは、戸惑いにただじっとしているレミンの目を見つめながら問う。

「それほど何でもできるのなら、私の相手もできるのか？」

「お相手……バックギャモンか、チェスでしょうか？」

ボードゲームか何かの対戦だろうかと思ったが違ったようだ。首をかしげるレミンに、ローアシアは喉の奥で「くっ」と笑う。

ローアシアの笑顔は見たいが、今のは少し嫌な感じがした。

何か気にくわないことでもしてしまったのかと不安に襲われ、高い山の頂《いただき》に立ったときのような息苦しさを感じる。

「あの、ローアシア様？」

「とぼけているのか、鈍いのか。夜伽はできるかと聞いている」

「え？　……ええっ！」

突然の展開に驚きつつも、待ち望んでいた事態に飛びつきたかったが、一つ確かめなければならない大事なことがあった。

「お望みとあらば、ぜひ！　と、申し上げたいところなのですが……」

「できないならできないでいい」

言いよどんだことで、できないと判断されたようだ。従者としてできないことがあるなんて思われたくなくて、即答できなかった理由を釈明する。

「いたします！　ですが……一度夜伽を務めた者は、二度とお側に寄せぬと聞き及んでおります」

「ああ……それはそうだが、おまえは私の従者だろう」

二度目がないのは、娼婦や男娼のように性のお相手に限った話だったようだ。従者ならばその限りではないのにほっとする。

「何故……従者以外の者は、一度きりしかお相手になさらないのでしょうか」

「『一度でいいから』だの『抱いてくれないと死ぬ』だのと、煩《わずら》わしいことこの上なかったので望み通りにしてやっただけだ」

敵対国から差し向けられた色仕掛けの相手は、役目を終えるまでは帰れないと粘る。それがうっとうしいので、手っ取り早く帰らせるために手をつけただけということのようだ。

ローアシアは性に淡泊なようだが、レミンが従者になってから一度も色仕掛けをしてくる者はいなかった。

流石に健全な男性として、性的な欲求が溜《た》まっていてもおかしくはない。

レミンの方は元からあまりその手の欲求が溜まらない方なのか、もやもやした気分になっても弓の稽古やリュートの演奏で紛らわせればそれで収まっていた。

自分でもあまりしない性処理を、他人に対してできるかどうか。自信はないが、同じものがついているのだ。自分が気持ちいいと思うことをすればいいはず。

それにローアシアは経験豊富だそうだから、よい方向に導いてくれるのではと思えた。

ローアシアに関する噂は誇張されたり作り話がほとんどと知ってはいるが、これだけの美《び》丈《じょう》夫《ふ》で大国の王子なら女も男も群がってきたはず。それにパストだって結婚した際に相手に失礼のないよう経験を積んだと言っていた。

ローアシア様もきっと、いろいろな相手と――。

そう考えると、何故だか胸の奥がチリリと痛んだ。

「夜伽を務めましてもお側においていただけるのですね。それでしたら、僭越《せんえつ》ながら精一杯務めさせていただきます！」

さっきからずっと握られたままだった手をしっかりと握り返して訴えかけると、あまりの勢いに気圧されたのか、ローアシアは軽くのけぞる。

「……やけに張り切っているな」

「私はローアシア様の従者でございますから。従者として、どんな務めでも果たせるようになりたいのです」

「ゆくゆくは立派な騎士になるためか？」

「え？　……それは、そうなれれば嬉しいですが。今はとにかくローアシア様の従者として何事もきちんと務めたいと思っております！」

ローアシアに愛してもらい、パストの呪いを解くことが急務。他のことを考える余裕などない。

そのはずなのに、そう自分に言い聞かせなければならないほど、ローアシアに夜伽の相手を命じられたことが嬉しくて心が浮つく。

「従者なら、か。ならば、従者らしく主をもてなせ」

「は、はい！　それでは軟膏を取って参ります」

夜伽には必要だとパストから言われて用意した軟膏の出番が、ついに来たのだ。

準備をしてきてよかったと笑顔になるレミンとは対照的に、ローアシアは美しい眉を寄せて険しい表情をする。

「ずいぶん準備がいいな。……よほど仕込まれたか」

表情に乏しいローアシアが、ここまであからさまに不機嫌な顔をしたのは初めて見た。

軟膏を持ち歩いていなかったせいで待たされるのが気にくわなかったのかも、とレミンは名残《なごり》惜しいがつないだローアシアの手を解《ほど》いて自分の部屋へ行こうとしたが、強く握られて離してもらえない。

「あの、これでは取りに行けませんが？」

「よい。ここにもそれくらいある」

「そう……でございますか」

さすがは男も女も来るもの拒まず相手になさっただけのことはある、なんて僅かながら腹が立った自分に驚いた。

呆然としている間につないだ手を引かれて抱き寄せられ、胸にぶつかりそうになるほど近くで見つめ合う形になる。

「あ……」

近すぎて恥ずかしくなり目を逸らそうとしたが、後頭部を摑まれてまた見つめ合うことになった。

ローアシアはレミンから視線を外さず、後頭部に置いた手に髪を絡ませるようにしてゆっくりと撫でてくる。

これまでも着替えの際に汗を拭うのにローアシアの肌に触れたことはあるけれど、自分が触れられたことはない。

こういうときはどうするのが礼儀なのか。

やはり恥ずかしがらずにパストに聞いておけばよかったと、後悔しても後の祭り。

一瞬悩んだが、何事もローアシアの言うとおりに、彼がするとおりに真似をすればよいのだろうと思い至る。

レミンもそっと手を伸ばしてローアシアの髪を指で梳くように撫でてみると、その判断は正しかったようで、厳しかったローアシアの表情が緩む。

お世話を始めた当初から感じていたことだが、ローアシアの髪は本当に見た目も触り心地もよい。

それに間近に見る水色の瞳の美しさも、何度見ても感嘆のため息が漏れる。

「ローアシア様の瞳は、雪解け時期の湖のように澄んだ水色で、大変お美しいですね。私の一番好きな季節の色です」

冬の寒さが緩んでくると白く凍った雪が溶け出し、あちこちで水たまりができる。一面が真っ白だった世界に所々現れる水色は、長く厳しかった冬の終わりを予感させ、わくわくしてくるから好きだ。

脳裏に浮かぶ故郷の風景に、思わず笑みが浮かぶ。

「……そうか」

「はい」

大好きな水色の目を見つめれば、じっと真顔で食い入るように見つめ返されて鼻白む。

「あの？」

「おまえの瞳の色の方が美しい」

「そのようなことはないかと！　ですが、あの、もしやローアシア様は太陽がお好きなのでしょうか？」

以前にもレミンの目を「太陽のようだ」と言ってくれた。もしかしたらローアシアは太陽が好きで、だから自分の金色の目が好きなのかもしれない。

けれどローアシアは、特に好きなわけではないと頭を振る。

「ただ、太陽は眩しくて見つめられないが、おまえの瞳はいつまででも見ていられる。おもしろいものだな」

もっと近くで見たくなったのか、ローアシアはレミンを抱き寄せ、髪を撫でていた手でぐっと上向かせる。

とんでもない至近距離でローアシアに顔を見られることに恥ずかしさを感じたが、それ以上に美しいローアシアの顔を見られるのが嬉しくて、瞬《まばた》きすらしたくないと思う。

「リモー国では、こういうときに目を閉じないのか」

「え？　あ、いいえ……」

せっかく間近でローアシアを熟視できる機会なのにと残念に思ったが、ここは目を閉じるのが礼儀のようなので、仕方なく目を閉じた。

暗闇の中、何か柔らかなものが唇に触れるのを感じた。

肌の感触とは少し違うから、手ではない。何だろうと感覚を研ぎ澄まし、ローアシアの息づかいをやけに近くに感じることから正解に気づく。

――ローアシア様の唇が、私の唇に触れている？

それは、接吻《せっぷん》というもののはず。

頬やおでこ、或いは手の甲に接吻する親愛の情を込めた挨拶ならリモー国にもあるが、唇と唇を触れ合わせることは恋人や夫婦間でしか普通はしない。

これまで恋人のいなかったレミンにとって、初めての経験だった。

温かくて湿っていて、柔らかいけれど張りがあって、気持ちいい。

触れ合う部分の感覚にすべての意識が集中して、他の何も分からなくなるけれど、それで

もいいと思えるほど気持ちいい。

塞がれているのは口だけだから息はできるはずなのに息苦しくて、身体全部を使わなければ息ができないような錯覚に陥り、肩で大きく息をする。

「ん……」

レミンの身体の強張《こわば》りに気づいたのか、ローアシアはレミンの背中に回した手を優しく上下させて撫でてくれる。

まるで小さな子供になったみたいで恥ずかしかったが、心地いい。

夏の湖に潜ったときのように、ゆらゆらと心地よいけれど少し息苦しくて——怖い。

反射的にびくっと身体を震わすと、ローアシアはかさねていた唇を離した。

始まりと同じくらいそっと離れていく唇との別れを寂しく感じた。ローアシアはどうなのだろう？　どんな顔をしているのかと気になるけれど、目を開けてよいものか分からない。

いつ開ければよいのか計りかねてぎゅっと目をつぶり続けているレミンの頬を、ローアシアは優しくなでる。

「美しい黄金の太陽を見せてくれ」

「なっ！」

詩的な表現にびっくりして思わず目を見開いたレミンの頬を、ローアシアは何を驚いているのかと怪訝な顔をする。

「……レミン？」

「申し訳ございません、つい驚いて——今、何と？」

「何がだ？」

「私の名前を！　初めて名前を呼んでくださいましたよね！」

「そうだったか？」

ローアシアはうそぶいて平然とした顔をしたが、絶対に初めて聞いた。

夜伽を命じられ、名前まで呼んで貰《もら》えるなんて。今日は何といい日だろう、と感動に打ち震えてしまう。

この夜伽を無事にやりきり満足をしてもらえたなら、朝を待たずにパストは元の人間の王子に戻れるのではと期待が膨らむ。

「どのようなことでもご命じください。精一杯がんばります！」

「……リモー国には、情緒というものが存在しないのか」

まるで剣術試合の相手でも務めようとしているみたいなレミンに、ローアシアは呆れた様子で肩を落とす。

「ローアシア様？」

「口は、おしゃべりだけに使うものではないだろう？」

「え？　あ……」

どういうことかと訊ねようとしたが、それより前に唇をかさねられて答えを知る。ただ唇の触れる感覚だけでも気持ちよかったが、接吻とはこれだけではないはず。唇に触れるローアシアの舌を、合わせを解いて受け入れる。

入ってきた舌に反射的に逃げそうになったが、ローアシアはレミンの肩を掴んでいた手を後頭部に移動させ、逃がさないようさらに上向かせる。

「んんっ……」

自分の口の中で、自分の舌以外がうごめく初めての感覚に身体が強張る。それに気付いたのかローアシアは背中をそっと撫でて緊張を解してくれる。

「はぁ……んうっ」

その手の心地よさに思わず漏れたため息を奪い取るようにさらに唇をむさぼられると、息をするのも苦しくなって頭がくらくらする。

腰の辺りが疼《うず》いて足に力が入らなくなったが、背中に回した手に力を込めてローアシアが支えてくれたおかげで転ばずにすんだ。

「ふぁ……」

ようやく唇を解放され、支えてくれたお礼を言わなければと思うのに、散々に弄《もてあそ》ばれた唇は戦慄《わなな》くばかりでまともな言葉が出てこない。

けれどもローアシアは怒ることもなく、歩くどころか立っているのもままならないレミンの身体を、横向きに抱え上げた。

「えっ？　え……？」

何事かと目をぱちくりさせるレミンを、ローアシアはベッドへ運び座らせた。

子供の頃、パストの体調が悪いときなどにせがまれ、何度か一緒に眠ったことがある王族の使う柔らかなベッド。そこに座るなど恐れ多かったが、ローアシアはさらにレミンの肩を押してベッドに横たえた。

「あ、の……」

これからどうすれば？　と戸惑うレミンを余所に、ローアシアは手早くサーコートもタイツも肌着も、すべて脱ぎ捨てる。

着替えの際にいつも見ているローアシアの身体。けれど下穿きまでは脱がしたことがなかった。

初めて目にしたローアシアの性器はすでに勃《た》ち上がっていて、見てはいけないものを見た気がして目線を逸らした。

――あれを、入れる？　無理でしょう？

パストから僅かに聞いただけの男同士の行為は、ちょっと間違っていたのではと思えるほど、ローアシアのものは自分のものより立派だった。自分程度の大きさなら何とか入るのではと思っていたが、これは無理と思えた。

――それでも、やらないと。

脱衣するローアシアをぼーっと見ていただけだったレミンは、慌てて自分も脱ぎだした。

ベッドに横たえられたままでは脱ぎにくかったが、ローアシアが手伝ってくれた。

「こんな……もったいのうございます」

ローアシアの手を煩わすなどあってはならないと恐縮したが、ローアシアはまったく意に介さず、レミンの腰を浮かせて下穿きごとタイツを足から引き抜いた。

レミンの衣服をすべてはぎ取ると、ローアシアは軽く息を弾ませた。

「白くて、美しい肌だ」

手触りを確かめるようにひたりと手のひらを素肌に当てられると、冷たくて大きな手にびくっと身体が震える。

レミンの平らな胸を、ローアシアの手がさまよう。

そこには、女性のような豊かな乳房はない。柔らかな肉の谷間に怒張した男性器を挟んで刺激しているのを見たことがあるが、男の自分にはそんなことは不可能。

どうやってローアシアを楽しませればいいのか。考え込むばかりで何もできない自分に絶望するレミンを余所に、ローアシアは勝手に楽しみを見つけ出す。

何の役にも立たない硬い胸板で所存なげにポツンと存在している乳首に、ローアシアは軽く歯を立てる。

「んっ！　……え？」

くすぐったい、と思ったすぐ後に、ぞわりと肌が波立つような刺激を感じた。

その感覚は、ローアシアが小さな乳首を吸う度に大きくなる。さらに舌で乳輪を丸くなぞられ、最後にちゅうっと吸い上げられると背中がしなるほどの刺激を感じた。

「あっ、は！　ロ、ローアシア様……これ、は……」

「ここが感じるのか」

言いながら、ローアシアは楽しげに高い鼻の先で赤く色づき尖《とが》った乳首をつんと突《つ》く。

「ふっ……あ……。申し訳ございません」

おかしな現象に反射的に謝ってしまったが、ローアシアは何を謝っているのかと目を細める。

「感度がいいのは、よいことだ」

「そう、なのですか？」

ローアシアが自分に世辞を言うはずはないので、本当にそうなのだろう。

自分にいいところがあるだなんて嬉しくて微笑めば、ローアシアはほころんだ唇に軽く唇を合わせてから、ベッドの横の棚から小さな陶器の入れ物をとってきた。

蓋《ふた》を開けると、その中には白っぽい粉末が入っていた。

ベアリス国で使われる潤滑剤は植物の根や海藻を合わせた粉末だそうで、ローアシアはその粉末をレミンの口に含ませた。

「しっかりぬめらせろ」

「……ふぁい」

ローアシアはレミンの口内に中指と人差し指を差し入れ、きちんととろみが出ているか確認するよう何度か抜き差しする。

そのうちに口の中がぬるぬるしてきて、何だかローアシアの指が自分の中で溶けていっているようだ。

ローアシアの指を味わっているみたいな不思議な感覚に、背中から腕までぞわぞわした寒気に似たものが走った。

指を抜き差しされるうち、唾液が口の端から零れてだらしがないと恥ずかしくなったが、ローアシアは気にせず楽しげに口の端を上げる。

そんな表情も美しいローアシアの指を自分が味わっているなんて。何だか嬉しくなって、レミンは自分からローアシアの指に舌を絡めた。

「ん、ふ……」

「もう、いいか」

唾液を吸った粉末は粘りけを持ち、ローアシアが指を引き抜くと名残を惜しむようにとろりと糸を引く。

ローアシアの長く形のよい指が潤滑剤でぬらぬらと光るのも何だか淫靡《いんび》で、思わず目眩《めまい》がしたときのように目を細めてしまう。

何がいいのかと訊ねる間もなく横向きに寝かされ、上になった方の足だけ曲げて後ろにいるローアシアにお尻を突き出す格好をさせられる。

「あ、あの……本当に、この格好で？」

「前からの方が好きか？」

「え？　ええっと……いえ。ローアシア様のお好きな方で……」

前からと後ろから、どう違うのか分からないが、わざわざ聞くのも野暮な気がしてレミンはすべてローアシアに合わせることにした。

これでどうするのかと、横になっているだけなのに全力疾走したときのようにドキドキと早鐘を打つ胸を押さえていると、ローアシアは片手でお尻の谷間を広げ、そこにぬるっとしたものが差し込まれる。

「んくっ！」

それはさっき、自分がローアシアの指に絡ませた潤滑剤だ。しっかりとぬめらせた潤滑剤を纏った指は、ぬるりと後孔に入り込む。

「ひゃっ！」

そんなところを触られるのは初めてで、さらに内側までとはと驚いてとっさに声が出た。

「……硬いな。久しぶりだからか？」

ローアシアの方も少し驚いた様子で、後ろから顔をのぞき込んでくる。

本当は久しぶりどころかはじめてで、自分のお尻が人より硬いのかなんて分からないが、とっさに頷くとローアシアは納得したようで「そうか」と頷いた。

「それなら、少し慣らそう」

「ひっ、あ……あの、お手数をおかけします……」

後ろから髪に頬ずりして耳元で囁《ささや》くローアシアの声に、ぞくぞくと身体が震えて強張る。

ローアシアはかちこちに固まったレミンの肩に唇を寄せ、前に回した左手で再び乳首を弄びはじめる。

先ほどの刺激を思い出したのか、あっさりと固くなる乳首をローアシアは指先で転がす。

むずむずするような、けれど心地よい刺激にレミンが吐息を漏らすと、後孔にあてがわれていた指がぬるりと侵入してきた。

「あっ、あ……痛っ！」

異物感にきゅっと締め付けてしまったが、すでに侵入していた指はレミンの中でうごめく。

「歯を食いしばるな」

「は、はい」

痛みに食いしばってしまった歯の合わせを解くと、さらに奥まで指が差し込まれる。

「いっ！　……んぐ……」

「痛いか」

「い、いいえ！　いい……そう！　気持ちいいです」

「嘘はつくな」

「嘘では、ございません！」

ローアシアが自分に触れたがってくれているのが嬉しくて、身体的には痛くとも気持ちの上では嬉しさが勝っていた。

軽く後ろを向いてローアシアと視線を合わせながら「痛くはない」と首を振れば、ローアシアは微かに口角を上げてレミンの頬に唇を寄せた。

「力を抜け。……レミン」

「え？　は、はい！」

また名前を呼んでいただけた。その嬉しさを力に変えて、全身の力を抜くよう試みる。

ゆっくりと息をしてベッドに沈み込むつもりで力を抜けば、ローアシアの指の動きがなめらかになってくる。

ゆっくりと浅く深く抜き差しされると、硬さがほぐれていくのが分かった。

——これが、慣らすということか。

ローアシアが何をしたいのかが分かれば、それに従えばいい。

そう思ったら、ローアシアの指の動きに合わせて自然と自分の腰も揺れる。

「ん、あ……はぁ……んっ」

「本当に、よくなってきたようだな」

「ああ……あっ、はい……」

首筋に鼻を押しつけ唇をはわせながら言うローアシアの声は嬉しげで、聞いたこちらまで嬉しくなる。

振り返って微笑めばその唇を唇でふさがれ、レミンは柔らかな唇を自分から食《は》んで味わった。

「んっ、え?」

口づけが終わると、ローアシアは軽く身体を起こしてレミンの中から指を引き抜いた。

これでおしまい? と振り返って確認しようとしたが、俯《うつぶ》せにされて腰を引き寄せられる。

されるがままになっていると、ローアシアの手は腰からお尻へと移動し、さっき解された部分に何か熱いものが当たるのを感じた。

「……んぐっ」

解されてぬめったそこは、あてがわれたものをするりと飲み込んだが、さっきまでの指とは違う太さと熱さに息がつまる。

――これは、ローアシア様の?

さっき入らないと思ったローアシアの性器だ。

そう気づくとまた怖《お》じ気《け》づいてしまった。

身体が強張り、入ったばかりのローアシアの先端を締め付けてしまう。

「く……レミン？　力を抜け」

「ふ……は……い……」

そうしたいし、しようとするのに上手くいかない。焦れば焦るほど身体は強張り、冷や汗まで出てきた。

ローアシアはそんな不器用なレミンを急かすこともなく、お尻から腰、太股《ふともも》まで優しく撫でてくれる。

そうして前屈《まえかが》みに覆い被《かぶ》さると、前に回した手でレミンの性器を握った。

「ふ、え？　あ、あ……そんな……」

ローアシアの手に自分のものが握られているなんて。衝撃で一瞬深く息が吐けた。

それで少し身体の強張りが解けたが、ローアシアは無理に押し進めることはなく、自分はそのままにレミンの前を扱《しご》きはじめる。

「あ、あ……ローアシア、様？　あっ……いけません。こんな……」

目の前の枕にしがみついて耐えようとしたが、ローアシアの指は巧みにレミンの欲情をかき立て暴き出す。

さらにローアシアは微かに繋がった部分を小刻みに揺らして、身体全体に刺激を与えてくる。

その状態で先端を指先で撫でられると、さっきの潤滑剤とは違う滑《ぬめ》りを感じ、自分が達しかけているのに気づいて慌てる。

「ロ、ローアシア様っ、もう、お許しを！」

ローアシアの手を汚すなんて考えられない。

後ろを見返り必死に頼むと、動きを止めたローアシアは不思議そうな目でレミンを見る。

「どうした？」

「手、手を……ローアシア様のお手を、汚してしまいます」

「ああ……構わん」

「構います！　お願いですから！」

もはや涙目で懇願するレミンに、ローアシアは軽く息を吐き、腰を引いて繋がりを解いた。

「では、こうしよう」

「あ……」

異物感が消えたが、それがローアシアとの繋がりが解けたことだと分かると、寂しさを感じる。しかし寂しさに浸る間もなく、ローアシアは抜いたそれをレミンのお尻の谷間に擦り付けてきた。

「あっ？　あっん……ローアシア、様？」

がっちりと腰を掴まれてゆさゆさと前後に揺すられ、レミンの前も揺れて触られなくとも刺激が来る。

手は触れていない、という意地は悪いが願い通りの行為に逆らえず、レミンは散々に揺さぶられて、そのたびに抑えきれずにあられもない声を上げてしまう。

「あっ、あっ……あっんっ！　はっ……」

「どうだ？　レミン」

それだけでもいいのに、前のめりに覆い被さったローアシアは、レミンの耳元に息を吹きかけ、名前を呼ぶ。

肌からも耳からも快感を与えられ思わず背中をしならせれば、レミンの性器の先端がシーツで擦られ、そこに幾つも染みを作る。

さらにお尻の谷間に擦り付けられごつごつと当たるローアシアのものの硬さに、ローアシアも自分の身体で快楽を得てくれているのだと思うと、心も満たされ熱くなる。

「あっ、あ……んっ、そんなぁ……そん、な……あっ、はぁ……」

「いい声だ。レミン」

「ひっ！」

だめ押しのように熱く潤んだ声で名前を呼ばれ、レミンはぶるっと震えて達してしまった。

ローアシアもレミンのお尻に擦り付けることだけで満足したようで、腰を掴む手の力がひときわ強くなったと思うと、背中に熱いしぶきを感じた。

——ローアシア様も……精を発することができたんだ。

それでよかったとほっとするどころか、レミンはずんと落ち込んで俯せになったまま、しばし顔も上げられなかった。

「レミン？」

どうしたのかと問うように顔をのぞき込むローアシアに、心配をかけてはいけないと起き上がったレミンは、それでもローアシアの顔が正視できずにシーツに頭を擦り付けるようにして詫びた。

「ろくにご奉仕できず、面目次第もございません」

奥まで迎え入れることができなかった、己の不甲斐《ふがい》なさに涙がにじむ。

けれどもローアシアは、そこまで詫びることでもないだろうと鷹揚《おうよう》にレミンを許す。

「いや。……前の主は、針ほどの一物だったのか」

ローアシアは前の主のものが小さかったから自分のものは入らなかったと思ったようだが、そうではない。

自分の努力と経験のなさでローアシアに満足してもらえなかっただけのこと。

これまで夜伽をしてきた他の男たちはローアシアを受け入れることができたのだろうに、自分はそれができなかった。

不甲斐ないし情けない。『できる』と豪語して挑んだのにこんなことでは、愛してなどもらえないどころか嘘つきとして従者を解任されてもおかしくはない。

これではどれだけ取り繕っても経験がないとバレるだろう。それくらいなら、先に言ってしまった方が罪が軽いのではと思えた。

「も、申し訳ございません。その……前の主は男にはご興味がなくて……夜伽は命じられませんでした」

「何故それを先に言わない！」

珍しく大きな声を出したローアシアに、平身低頭で詫びる。

「も、申し訳ございません！　ですが、その……該当する行為を見たことくらいはありますので、何とかできるのではと思い上がっておりました」

頭を下げつつこっそり上目遣いでうかがえば、片手で顔を覆って俯いたローアシアの口元が何だか笑っているようで、慌てて顔を上げる。

たとえそれがあざけりの笑いだとしても、見たい。

「あの、ローアシア様？」

しかしローアシアは笑みの痕跡を消して、真顔になり顔を上げた。

「痛むだろう」

経験なく挿入すると、下手をすると切れて出血すらするそうだ。深くは入れなかったがそうなってはいないかと心配したローアシアに俯せにされ、お尻をまじまじと見られる。

「あ！　そ、そんなっ……もったいのうございます。あんっ！」

大丈夫なようだ、と窄《すぼ》まりに軽く触れて確認されただけでおかしな声を上げる自分がまた恥ずかしくなったが、ローアシアは満足げに頷く。

「おまえはどこもかしこも感度がいい。すぐによくなる」

「そう、なのですか？　だとしたら……嬉しいです」

今は無理でも、いずれはお役に立てるのだとしたら嬉しい。早くそうなりたい。

「私は、誰よりもローアシア様のお役に立てる従者になります！」

「そうだな。おまえは私の……私だけの従者だ。きちんと私だけを覚えろ」

何故だか満足そうなローアシアに、ろくにお役に立てなかったのにどうしてだろうと首をかしげれば、その首筋に腕をかけられベッドに押し倒される。

「あのっ、ローアシア様？」

「もう寝る」

「さ、さようでございますか。ですが、裸のままでは風邪を引きます。お身体も拭きませんと。あの……ローアシア様？　離していただけますか？」

汚れた身体で服も身に着けずに寝るなんて。ローアシアが風邪を引いては大変だと思ったのだが、ローアシアはもう眠ってしまったのか目を開けない。

それなら自分が何とかしようと起きだそうとしたが、ローアシアはがっしりとレミンを抱きしめたまま眠ってしまって抜け出すことができなかった。

「……どうしましょうか……」

このままでは自分も風邪を引く。と思案したレミンは、僅かに自由になる足を使って何とか布団を上に引き寄せ、苦労してローアシアと自分に布団を掛けた。

その日も、レミンはいつも起きる時間に目が覚めた。

顔の横にいつものパストのモフモフした身体《からだ》とは違う存在を感じ、何だろうとしっかりと目を開けて見て、心臓が止まりそうになった。

「――っ。……ローアシア、様……」

目の前には、朝まだきの薄闇にも輝くような美しいローアシアの顔があった。

ローアシアの腕に抱かれて眠っていたなんて。

乱れた銀髪が頬にかかる色っぽい様に、昨夜のことが一気に脳内に蘇《よみがえ》る。心臓がずきずき痛むほど早鐘を打ち、頬が夏の日差しに焼かれたように熱くなる。

熱中症になったみたいにふらふらした意識で、それでもローアシアを起こさぬようレミンはそうっと腕の中から抜け出し、ベッドから下りた。

身体を拭いて身なりを整えてからローアシアの部屋の扉を開けると、廊下にパストが座っていた。

レミンが部屋へ戻ってこないので、心配してここで待っていたようだ。

「猫様！　こんな寒いところに……」

猫になって耳がよくなったパストは昨夜に何があったか分かったようで、心配したと言わんばかりにしきりにニャゴニャゴ鳴きながら身体を擦《す》り寄せてくる。

「猫様……無事、とは言いかねますが、夜伽《よとぎ》を務めることができました。至らぬ面が多く不《ふ》甲斐《がい》ない夜伽ではございましたが、今後はこの失敗を教訓にがんばります！」

それにこれは、以前にパストがやった『読み終わった本より読みかけの本の方が手元に置いてもらえる作戦』と同じで、上手《うま》くいかなくて逆によかったのかもとよい方に考える。

「夜伽がまともにできなかった分、他のお世話はしっかりしないと」

昨夜の失態を巻き返すべく、他の仕事はぬかりなくおこないたい。

身体のことを心配してか、足元にまとわりついて止めようとするパストをなだめすかして抱き上げようと腰をかがめれば、お尻の痛みにそのまま座り込みそうになってしまった。

ぎこちない動きのレミンに、これ以上邪魔をする方が負担になると分かってくれたのか、パストが大人《おとな》しくなってくれて助かった。

緊張したせいか慣れないことをしたせいか、お尻だけでなく腰や背中も痛かったがそんなことで弱音を吐くわけにはいかない。

いつものように、洗顔とお茶を淹《い》れるのに使う水を井戸までくみに行く。身体の痛みで普段より少し時間はかかったが、水差しにいっぱいの水をくんで部屋へ戻ると、ローアシアはすでに起きていた。

部屋着を着てベッドの縁に座り、不機嫌さを隠そうともせず腕を組んでじっとりとレミンを見てくる。

そんなローアシアに、珍しく部屋までついて入ってきたパストは耳を倒して背中を丸め、緑色の目を爛々《らんらん》と輝かせ鋭い牙《きば》を見せて威嚇《いかく》する。

「ね、猫様？　落ち着いてください。あの……おはようございます。ローアシア様。お早いお目覚めでございますね」

全身の毛を逆立たせたパストを抱き上げてなだめ、こちらもパストに負けぬほど不機嫌そうなローアシアに朝の挨拶をする。

普段なら目が覚めていてもレミンが声をかけるまで横になっているのに、どうしたのか。

今日は何か変わった予定があっただろうかと記憶をたどってみたが、ローアシアは別に用があって起きだしたわけではなかった。

「勝手にどこかへ行くな」

どうやらローアシアは、レミンが断りもなくベッドを抜け出したことに怒っているようだ。

「申し訳ございません。お起こししてはご迷惑かと思ったものですから」

「夜伽の後は……朝まで一緒にいるものだ」

「ええっ！　さようでございましたか」

またも無知故《ゆえ》に失態をおかしてしまったようだ。

夜伽についてパストは恥ずかしいのか気まずいのか詳しく教えてくれなかったが、他の人からでも聞いておけばよかったと後悔が押し寄せる。

腕の中でまだウーッと低く喉の奥で唸《うな》っているパストに、このお叱《しか》りの原因の半分はあなたにありますと言いたかったがそうもいかず。

ローアシアに向かって深々と頭を下げれば、あらぬ部分が痛んだがそんなことは気にしていられない、と精一杯詫《わ》びる。

「不作法で申し訳ございませんでした。夜伽と申しますので、夜の間だけの務めかと考え違いをしておりました」

「……朝には、おまえの太陽の瞳が、晩秋の草原のようなまつげの下から現れるのを見られると思っていたのに」

どうやらローアシアは、レミンが眠りから覚めるところが見たかったようだ。それをまたも詩的な表現をされて気恥ずかしくなる。

背中がくすぐったくてじっとしているのが難しいほどで、ぐっと自分の腕を自分で摑《つか》んで抑え込んで落ち着かせた。

「ですが夜明けまでベッドにおりましたら、ローアシア様の朝のお支度ができません」

「他の者にやらせればよい」

「そんな。嫌でございます！　ローアシア様のお世話は私の仕事！　他の者にさせるなどとおっしゃらないでください」

主《あるじ》を守り、お世話を完璧《かんぺき》にこなしてこそ真の従者というもの。レミンはすでに、パストを魔女に猫にされてしまうという重大な失敗を犯している。

もう何一つ瑕疵《かし》のない従者になりたい。

必死に仕事をさせてほしいと訴えるレミンに、ローアシアはぐっと唇を嚙《か》みしめて片手で目元を覆う。

困惑しているのか怒っているのか微《かす》かに肩が震えていて、そんなに困らせてしまう提案だっただろうかと不安になる。

けれど顔から手をどけてレミンを見つめるローアシアの水色の目はうららかな春の湖のように穏やかで、もう怒ってはいないと分かってほうっと大きく息をついた。

「……分かった。ならば食事と水の運搬だけを他の者に任せて、あとはおまえが世話をしろ」

歩き回らず戸口で受け取るだけなら、身体に負担はないし時間もかからない。それに何より寝起きの少しぼんやりとしたローアシアを、誰にも見られず独り占めできる。

「次からはそのように」と答えて、また次があることを考えると自然と顔が火照《ほて》る。だが、喜んでばかりもいられないのだったと気を引き締める。

「あの……ローアシア様。明日にでも数時間、お暇をいただけませんでしょうか」

「それは構わないが――どこか痛むのか！」

何事かと驚くほどの勢いでこちらに身を乗り出してきたローアシアは、レミンが身体の具合が悪くて休みたがっていると思ったようだ。

心配させて悪いと思うと同時に、それだけローアシアが自分を気遣ってくれるのが嬉《うれ》しくもあった。

しかしレミンは、身体を休ませるための時間がほしかったのではない。

「いえ！　その……痛む箇所がないとは申しませんが、大丈夫です。元気ですので、街へ勉強をしに参ろうかと」

「勉強？　何のだ」

「街には、閨《ねや》での務めに関する技を伝授してくださる店があるのですよね？　そこへ行っていろいろ学んでこようかと」

パストが教えてくれないのなら、他の人から聞くより他はない。腕の中のパストをちらりと見れば、パストはまん丸な目でこちらを凝視してくる。

何だか呆《あき》れているように見えるが、気のせいだろうか。

「技……伝授……」

ローアシアもパストと同様に目を見開いて脱力している。だがそんな顔をしても美しいなんて、とうっとり見とれてしまう。

ぼうっとしているレミンに呆れたのか、ローアシアはため息交じりに肩を落とす。

「閨の手ほどきが必要なら、私がしてやる」

「そんな恐れ多い！　これ以上ローアシア様のお手を煩《わずら》わせたくはございません」

見ず知らずの他人に陰部を触られるのには抵抗があるが、だからといってローアシアに頼むなんて、身の程知らずだし恥ずかしい。

腕に抱いたパストが振り落とされそうになるほど勢いよく首をぶんぶん振って申し出を辞退するレミンに、ローアシアは眉根を寄せる。

「私にされるのは嫌か」

「め、め、滅相もございません！　嫌なのではなく、ただ、その……申し訳ないし恥ずかしいし自分が情けないしで……」

「やったことがなければ知らないのは当然で、恥ずかしがることではない」

「そうおっしゃられましても……」

無知も恥ずかしいが、触れられてそれで反応してしまうのを見られるのが恥ずかしいのだ。

何を恥ずかしがっているのかを知られるのも恥ずかしい。とにかくすべてが恥ずかしすぎて、自分でも何が恥ずかしいのか分からなくなってきた。

「……無知は、罪なものですね」

ローアシアはがっくりと力なく項垂《うなだ》れるレミンの顎に手をかけ、上向かせる。

「知らないことは、私がすべて教えてやる」

「ローアシア様……」

「おまえは、私のことだけ知っていればいい」

水色の目を『冷たい氷のよう』と言う人もいるが、レミンにとっては希望をもたらす春の色に感じる。うっとりと見とれていると、ローアシアはレミンの頬から首筋へと手を滑らせ、軽く力を込めて引き寄せる。

「ンナ、ナウゥーッ」

お互いしか見ていなかった二人にすっかり忘れられていたパストが、二人に挟まれ不満げな鳴き声を上げて存在を示してくる。

まだ耳を倒して警戒はしているがもう威嚇してこなくなったパストに、ローアシアは僅《わず》かに口角を上げる。

「私が主をいじめたと思って怒っていたのか。忠義な猫だ」

初めてローアシアがパストの頭を撫《な》でようとしたのだが、パストはレミンの腕からするりと逃げ出して床へ下りる。そのまま窓辺へと走ると、窓枠へ身軽に飛び乗り窓の外へと飛び出した。

「猫様！」

ここは三階。いくら猫でも飛び降りればただではすむまいと慌てて窓辺へかけよったが、パストは地面に落ちることはなく、壁を取り巻く装飾のコーニスの上にいた。

あんな僅かな出っ張りによく乗れるものだ、と猫の身体能力に感心する。

パストは窓から顔を出すレミンを振り返ってしっぽを振ると、そのまま軽い足取りで建物の奥の方へと進んでいく。

あの方角はシャスカの部屋の方。心臓が止まりそうなほど驚いたのに、のんきなものだ。

「気の利く猫だ」

撫で損ねたのに、窓辺に来てパストを見送るローアシアは何故《なぜ》か機嫌がよさそうだった。

ローアシアは、どういうことだろうと首をかしげるレミンの肩を抱く。

「レミン……」

「ローアシア様。申し訳ございませんが、もうお茶をご用意する時間はございませんので、洗顔をお済ませください。私はその間に朝食を取りに参ります」

「……レミン」

「ささ、お早く！　のんびりしていては朝の鍛錬に遅れてしまいます」

窓辺に来て、もう太陽がすっかり山から顔を出しているのに気がついたレミンは、ローアシアに朝の支度を促す。

夜伽がまともにできなかった分を取り戻すように働いて、ローアシアのお気に入りにならなければ。

張り切るレミンとは対照的に、ローアシアはのろのろと朝の支度をはじめた。

◆

「猫様……何というお姿です」

パストはシャスカにべったりだが、夜にはレミンの部屋へ帰る。

レミンがローアシアの夜伽を務めるようになり、レミンが部屋へ帰れない夜でもパストは部屋へと帰りたがった。

パストは猫の姿でも、うら若き乙女のベッドに潜り込むのは恥知らずなことだと思っているからだ。

そんなわけでシャスカの部屋へパストを迎えに行くと、シャスカが座っている椅子《いす》の隣で、パストは仰向《あおむ》けになり足を広げたあられもない姿で寝こけていた。

「安心しきっているのでしょう。嬉しいわ」

今日は来客もなく、執務を終えた午後からは好きな刺繍《ししゅう》を楽しめたシャスカは上機嫌なようだ。

愛《いと》おしそうにシャスカがパストの顎の下を細くたおやかな指でくすぐれば、パストはその指を両前脚でしっかりと摑んで頰ずりする。

うらやましいほどの相思相愛ぶりに思わずぼうっと見とれていると、シャスカはレミンに向かって悪戯《いたずら》っぽい視線を向ける。

「シア兄様のお世話はどう？　少しは慣れた？」

「はい。まだ至らぬ点は多うございますが、お目こぼしをいただいて何とか務めております」

「そう。レミンは北国育ちだから、冷たいのには慣れているのね」

「ローアシア様は冷たくなどございません！」

思わずシャスカの言葉を否定してしまい、とんでもないことをしたと血の気が引く。姫君の言葉を否定するなんて失礼きわまりない。

しかしシャスカは、怒るどころか「頼もしいこと」と小鳥のように首をかしげて可愛らしく笑って許してくれた。

シャスカの部屋を辞して自室で二人きりになると、パストは物騒な話を何故だか嬉しそうにする。

「あのお姫様は、きれいなだけじゃなく聡《さと》い。用心しないとな」

「とおっしゃいますと？」

「姫によるとおまえは、『主の肌着をしわくちゃにしたり料理に石を入れる粗忽者《そこつもの》』だそうだ」

「ええ？　ひ、ひどい言われようではないですか！」

肌着の洗濯も料理を温めたのも、すべてローアシアを思ってしたこと。それをそんな風に思われていたとは心外だと思ったけれど、パストは「そうじゃない」と笑う。

「あのクソ王に、そう吹き込んでいたんだ。おかげでおまえは『粗忽な従者』として王に気に入られたってわけさ」

「……つまり姫君は、わざと私を無能者だと思わせて、ローアシア様の従者としていられるようにしてくださった、と言うことですか」

これまでローアシアの従者となった者は、ジエムート王に気に入られようとローアシアをないがしろにするか、ローアシアに忠信してジエムート王の不興を買って解任されるかのどちらかで、長続きしなかったのだそうだ。

ローアシアが最初「いつまで続くか」と言ったのはそういう意味だったのか、と納得がいった。

シャスカは、そんな状態を何とかしようと一計を案じたのだろう。

「姫君は、お兄様想いのお優しい方なのですね」

「兄も自分もまともじゃない今の状況を、何とかしたいようだな。『従者のいない王子に、十七歳にもなって婚約者のいない姫なんて恥ずかしいって気づいてほしいわ』だそうだ」

シャスカは侍女にも言えないような本音を、こっそりと猫のパストに漏らしているそうだ。シャスカを女王にしたいジエムート王は姫を嫁に出すわけにもいかず、かといって女王になると確定していない姫のところに『女王の婿《むこ》』にふさわしい身分の王子が婿入りはしてくれず。そんな訳で、シャスカの縁談は暗礁に乗り上げているらしい。

いつもにこにこ笑っているが、兄を虐《しいた》げられ自分は本来は后《きさき》がする仕事を押しつけられでは、父親に不満を持って当然だ。

しかし本気で王様に逆らえば、姫といえどもどうなることか。だから賢いシャスカは、多少のわがままは言っても従順で可愛い娘、を演じているのだろう。

「シャスカ姫は敵にすれば厄介そうだが、味方にすれば頼もしい。せいぜいこびを売ることにしよう」

「単に、お美しい姫君の膝の上がお気に召しただけではないでしょうね？」

先ほどの甘えきった態度を見ては、ただお側《そば》にいたいだけではと疑念を持たざるを得ない。

疑いの眼差《まなざ》しを向けるレミンに、パストは悪びれる風もなく頷《うなず》く。

「ま、それもある。俺みたいな小国の第三王子じゃ、本当ならお手を取ることもできないお方だからな」

高嶺《たかね》の花である大国の姫君に近づけるのは、猫の姿なればこそ。役得だと楽しげにしっぽを揺らすパストに、軽口をきく余裕があるとは頼もしいと安堵《あんど》する。

しかし、いつまでもこんな猫の姿にしてはおけない。

——早くローアシア様に愛してもらわないと。

ただの従者ではなく、愛する人として抱いてほしい。けれどそうなるには、どうすればいいのか。

「パスト様のために……ローアシア様に愛していただく?」

ふと心に過《よ》ぎった疑問に、胸がずきずきと痛み出す。

俯《うつむ》き気味に胸を押さえるレミンの異変に気づいたパストが、心配そうに見上げてくる。

「どうした?」

「何故だか、胸の辺りが痛いです」

「いろいろがんばりすぎて疲れたか?　今日はもう休め」

「はい」

狭いベッドに横たわれば、枕の上で丸くなったパストがレミンを労《いたわ》るようにゴロゴロと喉を鳴らしながら頬ずりしてくれる。

パストの気遣いに感謝して目を閉じたが、心に生じた疑問がぐるぐる回って眠りを妨げる。

——本当の自分はパスト様の従者で、ローアシア様を愛するのはパスト様のため。

初めからそういう目的でローアシアに近づいた。今更なのに、その事実が胸の中に黒い靄《もや》のように渦巻いて息が苦しい。

パストにローアシア、どちらも大切な主だ。

けれども、もしどちらかを選ばなければならなくなったら、自分はどうするのだろう。

いっそ心も身体も二つに裂けたらいいのにと、思うほど胸が痛む。

考えても考えても答えがでない疑問に苛《さいな》まれながら、暗闇の中レミンは眠りが訪れるのをじっと待った。

◆

夜伽を務めるようになってから、ローアシアは昼間でもレミンを求めるようになった。

夜伽なのに昼にもするのかと最初は戸惑ったけれど、ローアシアとふれあえるのは嬉しくて拒めない。

けれど、時はともかく場所は選んでほしいと思う。

「駄目、です。……ここでは」

「何故？」

「何故って……よ、汚してしまいます」

下半身をむき出しにされたレミンが押し倒されている長椅子は、マホガニー製で座面の布には草木の刺繍が施された豪華な品。汚してしまったら大変だ。

始まりは、長椅子に座ったローアシアに奉仕するよう言われ、床に膝をついてローアシアのものを口に含んで扱《しご》く口淫《こういん》の指導を受けていただけだった。

先端の張り出した部分まで口内に迎え入れ、真ん中のくぼみをノックするように小刻みに舌を当てると、ローアシアは「ふっ」と軽く息を吐いてレミンの髪を梳《す》くように頭を撫でてくれる。

ローアシアの長く力強い指に優しく撫でられると、心地よい安心感に夢見心地になれる。もっと撫でてほしくって、ローアシアの反応をうかがいながらいい場所を探し当てていく。ローアシアの性器の大きさに、最初はすべて口内に収めようとするとえずいてしまいそうになったが、何度かするうちにコツが掴めた。今では口いっぱいに頬張って、喉の奥で先の部分を締め付けることまでできるようになった。

茎に舌全体をあてがい、歯は立てないよう唇でも刺激を与えつつ浅く深く咥《くわ》え込む。浅く咥えたときに外に出た部分には手を添える。

そうしろと言われたからというより、レミンがローアシアのすべてに触れて感じていたくて、自分からそうするようになった。

ローアシアの息が荒くなってくるのに合わせて、自分も咥え込む速度を上げていく。ちゃんとできているか、時折ちらちら目線だけ上げてローアシアの顔を盗み見ると、軽く目をつぶっていたローアシアが目を開けてふっと微笑《ほほえ》んだ。

「んーっ」

みんなが『氷のよう』と表するローアシアの目が、本当はこんな雪解けの湖のように清《すが》しい水色だと知っているのは自分だけ。その優越感は何物にも代えがたい。

思いがけずにいただけたご褒美に感動し、沸騰していた頭に水を掛けられたみたいにぶりと身体が震え、なおいっそう熱心に舌を動かし喉の奥まで頬張る。

そんなレミンの努力を、ローアシアは満足げに褒める。

「おまえは、飲み込みが早い」

「え……なっ！」

上達が早いというだけの意味ではない、含みのある言い方に赤面してしまう。

ついうっかり口から離してしまったローアシアのすっかり育って青筋立っているそれを、再び愛撫《あいぶ》しようとしたが、頰をなでられ止められた。

そうして、口淫はもう十分堪能《たんのう》したと長椅子の上に押し倒されたのだ。

下半身だけ脱がされて俯せにされ、お尻を高く突き上げさせられる。

「うっく……そんな、ところ……いけません！」

「こうしないと、後で辛《つら》いのはおまえだぞ」

ローアシアは、口の中で蕩《とろ》かせた潤滑剤を舌と指を使ってレミンの後孔に塗り込める。

触れられるだけでもはずかしい場所に舌をはわされるなんて、想像もしたことがなかったレミンは戸惑いと羞恥《しゅうち》で真っ赤になったが、ローアシアは「夕日を浴びた雪山のよう」と白い肌が朱に染まるのを楽しんだ。

「あ、の……もう、大丈夫、ですからぁ……」

おそらくは指を三本は飲み込んでいるだろう後孔が、ひくひくと疼《うず》くのを感じる。

ローアシアの指が中でうごめく度、自分の前がびくびくと反応して達してしまいそうで怖い。

高価な椅子を汚したら大変だからと訴えるレミンに、ローアシアは意地悪く片微笑《かたほえ》む。

「それなら、我慢をしろ」

「なっ、そんな！　んーっ、おっ、お待ちください！　せめて、シーツか何かを！」

ローアシアに愛撫されて、達さなかったことはない。

指でも耐えがたいのに怒張した性器を入れられたら、絶対に我慢できないはず。

最初に夜伽に失敗した日から、夜ごと解《ほぐ》され慣らされた後孔は、ローアシアの指と性器を自分を穿《うが》つものだとしっかりと認識したようだ。

今では窄《すぼ》まりを指でなぞられただけで、期待に腰が疼くようになっていた。

「あっ、あ……もっ、駄目です。だめぇ……」

ローアシアが指を少し動かすだけで零《こぼ》れてしまう先走りを、必死に手で拭《ぬぐ》って自分の服に擦《こす》り付けて椅子を汚さないように努力する。

ローアシアはレミンのそんな努力をあざ笑うかのように、指を引き抜くとレミンが反り返るほどに勃《た》たせた性器を深く突き立てた。

そのまま奥までずぶずぶと貫かれると、背中がしなってぶるぶると身体が震える。

「い、あっ、あーっ！　……ローア、シア様……も、お願い、ですからぁ……っ」

「終わらせてほしいのなら、もっと努力をしろ」

動くと前に刺激が加わって辛いが、このままではもっと辛い。右手で自分の性器を握りしめて抑えつつ、必死に腰をうねらせ銜え込んだローアシアの欲情を刺激する。

「ふっ、う……っ、く……」

「……くっ」

レミンによってもたらされた快楽に熱い息を吐くローアシアの声が、甘く響いて心まで疼くほど、気持ちいい。

「んーっ！　ぐっ！」

身震いして達しそうになったのを、レミンは自分の左腕を噛んで痛みでごまかして堪《こら》える。

ぎりぎりと肉に食い込むほど歯を立てれば、腕の痛みに意識が行く。そのまま噛み付きながらとにかく腰を振れば、ローアシアの息がどんどん早くなっていくのを感じた。

ローアシアが前のめりになると、より繋《つな》がりが深くなり内臓が押し上げられるみたいで息が苦しい。

肌と肌がぶつかる音がどんどん激しくなる中、レミンは必死に自分の腕に歯を立てて痛みを与え、熱を鎮めようと故郷の雪原や真っ白な雪兎《ゆきうさぎ》など心の静まるものを思い浮かべて耐えきった。

「よく、我慢したな」

「……く、ん」

ひときわ大きく激しい胴震いの後に果てたローアシアが、レミンの身体の奥深くに突き立てていたものを引き抜くと、少しだけ、ほんの少しだけ楽になったが、まだ肌までぴりぴりとしびれるような欲求が身体の中で渦巻いている。

ローアシアは、息を整えながら未《いま》だ果たせぬ欲求に身を焦がし続けているレミンを見下ろす。身体が強張って左腕を噛んだままのレミンに気づくと、ローアシアは驚きに目を見開いた。

「何をしている！」

「ふ……うぅ……」

ローアシアは自分で自分を制御できないレミンの口をこじ開け、腕を引きはがした。

歯形の残る腕を見て、見苦しさにか眉間に皺を寄せる。

「腕を噛んで耐えたか」

「……は……はい」

「そこまでせずともよい」

「ですが、これくらいしないと……とても、我慢、できなくて……」

ローアシアを気持ちよくさせるのが仕事なのに、自分が気持ちよくなって高価な椅子を汚すところだったなんて。

はしたなさが恥ずかしくて俯けば、横抱きにされて移動させられる。

「え？　あの？　ローアシア様！　自分で歩けます！」

「この状態でか？」

「う……」

ぎゅっと股を閉じて堪えていないと達しそうな情けない様を揶揄《やゆ》されては、ぐうの音も出ない。

遠慮したがベッドまで抱いて運ばれ、繊細な陶器のようにそっと下ろされ恐縮する。

「我慢した褒美に、好きなだけいかせてやろう」

「そんな、もったいないことでございます」

さらなる遠慮はまるで聞こえていないかのように無視され、大きく足を広げさせられローアシアはその中心を銜え込んだ。

「ええっ！　ロッ、ローアシア様！」

主が従者のものに奉仕するなどあり得ない。驚き戸惑うレミンに構わず、ローアシアは奥まで飲み込んでから吸い上げつつ先端まで舐《な》めあげる。

激しい吸引にそのまま達しそうになったが、歯を食いしばって堪える。

「レミン。我慢せずともよい」

「い、いいえ！　いいえ、無理……無理です。ローアシア様のお口に、なんて……無理です」

「従者なら、主からの褒美はありがたく受け取れ」

「うっ……」

そう言われると、ことわることが難しい。

顔を引きつらせるレミンを見て、ローアシアは意地悪く目を細める。

「今度は、どこも噛むなよ」

念を押してから、ローアシアは再びレミンの下腹部に顔を近づけ、太股《ふともも》に頬ずりする。

「あっ、あ……」

「白くて、なめらかな肌だ。心地よい」

「そ、それは……あ、ありがとうございます」

お褒めの言葉も素直に受け取るレミンに、ローアシアは満足したのかさらなる褒美を与えようと、まだ欲求を晴らせずにいる中心に舌を這《は》わせた。

「あっ、あ！　ローア、シア様……シア様！　ああっ」

ちろちろと軽く舐められると、身体が魚のようにびくびく跳ねて、声も抑えられない。

また腕を噛んでしまいそうになったが、それはするなと命じられているからできなくて、レミンはローアシアの名を呼び嬌声《きょうせい》を上げ続けるしかなかった。

先端の張り出した部分まで咥えて、そのまま茎を扱かれると自分でもそこが脈打っていると分かるほど滾《たぎ》って、腰の奥で疼いているものを吐き出したくなる。

けれど、ローアシアの口内には無理だ。そう思って震えて力の入らない首を懸命にもたげてローアシアの方を見ると、乱れた銀髪が汗ばんだ額《ひたい》や頬に張りつくのも構わず、一心に手と舌と唇でレミンのものを味わっていた。

「あ……あ……あっ！」

美しいローアシアがうっとりと目を閉じて自分を銜え込んでいるなんて。信じられない光景に唇が戦慄《わなな》き、首をのけぞらすと一気に達してしまった。

「は……はぁ……は……。ああ！　ローアシア様！」

一瞬放心状態になったが、終わらない愛撫に肌が粟立《あわだ》つ。震える腕で何とか上半身を起こしてローアシアを見ると、ローアシアは貪欲にすべて舐めとろうと先端に口づけていた。

「あ、あ……そんな……そんなぁ……」

ローアシアの口を汚してしまったことに愕然《がくぜん》となるレミンに気づいたローアシアは、軽く顔を上げて自身の唇の端についたレミンの放った精液をわざとらしくぺろりと舐めとった。

「満足できたか？」

「う……は、はい。はい。もう……十分でございます。お許しください」

涙目で訴えるレミンに、ローアシアはようやくレミンから手を離して身体を起こした。

そのまま起き上がることなくのし掛かってきたローアシアは、レミンの歯形のついた左腕を改めて見て、今度はそこを癒やすように丹念に舌を這わす。

「ロ、ローアシア様?」

「二度と怪我《けが》などするな。おまえは私のものなのだから」

「は……はい……」

自分がローアシアのもの。その言葉に、じわりと目の奥が熱くなる。

——そうだったら、どんなにいいか。

ローアシアのことだけを考え、尽くすことができたならどれほど幸せだろう。

けれどもレミンが何より優先すべきことは、パストを元の人間の姿に戻すことだ。

これはそのための行為なのに。

——そうだとしても、今、この瞬間だけは。

「……お許しください」

「ああ。今後気を付けよ」

ローアシアのことだけを考えて、感じていたい。そう思ってしまった罪悪感からパストへの詫びがつい口から出てしまったのだが、ローアシアは怪我をしたことへの詫びだと思ったようだ。

目を細めて見つめてくるローアシアの顔を、見つめ返すことができずに俯いてしまう。

そんなレミンの頬に手を添え、ローアシアはしっかりと目を合わせてくる。

「どうした？」

「いえ。……何でもございません。ローアシア様」

「さっきは、シアと呼んでいたのに」

「えっ？　そ、そんな不遜《ふそん》なことを……申し訳ございません！」

よほど親しい友人や家族ならともかく、主の名前を略して呼ぶなど不遜なこと。慌てて頭を下げて詫びるレミンの頭を、ローアシアはぽんぽんと叩いて許しを与える。

「よい」

「え？」

「シアと呼ぶことを許す」

「ええ！」

主を愛称で呼ぶなど、ただの従者には身に余る光栄。

ローアシアにとってはほんの気まぐれかもしれないけれど、嬉しくて——嬉しいのに、レミンの胸はチクチクと痛んだ。

◆

今朝方に降った雪が僅かに地面を白くしていたが、この程度なら日が差せば溶けて消えていくだろう。狩には悪くない日和《ひより》だ。

ジエムート王は狩好きでよく数人の家来を連れて出かけるのだが、今日の狩はローアシアも呼びだされていた。

ただ獲物を追うのではなくジエムート王とローアシアの班の二つに分かれ、どちらがより多く獲物を仕留められるか競うのだが、班分けはくじ引きで決まる。

ジエムート王の班に割り振られた兵士達は喜びの声を上げ、ローアシアの班の兵士はあからさまにがっかりしていた。

ジエムート王の方が獲物の多い場所で狩をするので、どうやら初めから勝ちは決まっているらしい。

負け戦《いくさ》に参加させられて士気が上がるわけもない。

そんな湿っぽい雰囲気の中、レミンは一人意気込んでいた。

――ここは私だけでもがんばらないと！

ローアシアのブーツには金の拍車を、自分のブーツには作ったばかりでぴかぴかの銀の拍車を装着した。

ローアシアは、すでに厩舎《きゅうしゃ》から引き出されていた自分の愛馬に跨《また》がる。

対外的には次期王であるローアシアに、みすぼらしい馬をあてがうわけにもいかないのだろう。あまり馬には詳しくないレミンでも、一目でよい馬だと分かった。

艶《つや》やかな栗毛《くりげ》の馬はしっかりと胸が張っていて、強い心臓と肺でどこまでも走れそうなほど堂々とした出で立ち。

その立派な馬に、狐《きつね》の毛皮で縁取られた黒のマントを羽織ったローアシアが跨り、狩のための長槍《ながやり》を手にした姿はまさに絵のような美しさ。

「立派なお姿です」

「おまえもさっさと用意をしろ」

「はい！」

思わず褒め言葉が口をついたが、ローアシアは表情も変えず顎をしゃくってレミンも早く準備を整えるよう促した。

山間部のリモー国では、移動手段として切り立った崖《がけ》でも蹄《ひづめ》を立てて上れるヤベックと呼ばれる角《つの》の生えた鹿がよく利用されるので、レミンはあまり馬に乗り慣れていなかった。

しかし今日は比較的平坦《へいたん》である程度整備された狩り場を走らせるだけだから、乗りこなせるはず。

自分が乗る馬を受け取るため厩舎に出向いたレミンに馬丁《ばてい》が引き出してきたのは、薄茶の毛並みで鼻筋に白い星の模様がある小柄な馬だった。

「こいつは普段、シャスカ姫がお乗りの馬だ」

「え？　それは……」

　馬といっても、用途によっていろいろな種類がある。丈夫で足が速い軍馬。力が強い荷馬。身軽で足が速い狩猟馬。そして扱いやすい常用馬。

　常用馬の中でも特に気性が穏やかな馬は、司祭や女性が使用する。

　穏やかな常用馬は大人しくて扱いやすいが、速さと持久力が必要な狩には向かない。

「扱いやすくていい馬だよ。まあ、ちょいと遅いけどな」

　シャスカは狩用の馬を手配してくれたはずが、ジエムート王の横やりが入ったようだ。馬丁はちらりとジエムート王の方を見て、ため息まじりに慰めてくれた。

　どこまでローアシアに嫌がらせをすれば気が済むのか。ここまで来ると、怒りより哀れみの境地に至る。

　この程度のことは気にしないことにして、レミンは馬に跨りローアシアの元へ向かった。

「……そんな馬でついてこられるのか？　犬たちの方が頼りになりそうだ」

　いつもはシャスカが利用している馬に乗って現れたレミンに、ローアシアも驚いたようだ。

　しかしもうこの馬でがんばろうと心を決めていたレミンは淡々と応じる。

「犬以下とは心外です。犬よりはお役に立っておみせします」

「くっ……ははは、せいぜいがんばれ」

「シア様！　笑い事では――笑った？」

初めて、ローアシアが声を上げて笑ったのを見た。

呆然《ぼうぜん》と自分を見つめるレミンにローアシアは表情を引き締めたが、まだ口元が笑っている。

ローアシアの笑顔に、レミンは今朝の曇り空が一瞬晴れ渡ったかと錯覚するほど爽やかな気分になった。

――もっと笑ってほしい。自分といるときは、ずっと笑顔でいてくれればいいのに。

あの笑顔を見るためなら、どんなことでもがんばれる気がした。

「だけど、がんばろうにもこの馬では難しいか」

他の馬についていけないのは困るが、はぐれてもレミンは目がいいので木に登って位置を確認できるから大丈夫、と前向きに考えることにした。

狩では槍が主流だが、レミンは弓を持っていくことにした。槍に自信はないが、弓は名手であるパストに次ぐ腕前だ。それに脚の遅いこの馬では遅れることは必須。後方支援をするつもりでいけばいい。

犬よりは役立ってみせる、と低めにだが志を持って狩に参加したレミンだったが、どれだけやる気があっても実力が伴わなければ如何《いかん》ともしがたい。

穏やかな馬は獲物を嗅《か》ぎつけた猟犬たちの声にも動じず、優雅に歩を進める。

拍車をかけて走らせても早足程度で、あっという間に狩の一団から引き離されて見失い、足跡すらたどれなくなってしまった。

「……やはり、犬以下かも」

ローアシアの役に立つどころか、その姿を見失うとは。

どこかから猟犬の鳴き声が聞こえるが、崖や木々に反響して音の出所がはっきりしない。

「目視で探すか」

高い木のある場所は、城から見てあらかじめ把握していた。

高くそびえる杉の木に到着したレミンは、弓と矢だけを背負って木に登った。

杉の幹は太く足場になる枝も下部にはないが、木登りに慣れたレミンには何の問題もない。

樹木が多いリモー国では、子供はみんな歩けるようになったら木登りを覚える。

『足輪』と呼ぶ輪っか状にした荒縄に両足を通し、足がばらけないようにして足裏で幹を蹴《け》って跳ねるようにするすると上っていく。

太い枝があるところまで到達すれば、後は枝に取りつき上っていく。

「見えた！」

落葉樹が葉を落とす冬枯れの時期だったお陰で、木々の隙間からだが狩の現場を見つけることができた。

だがその獲物の姿に、レミンは目を見開いた。

「え？　猪《いのしし》？」

ローアシア達が狙っている獲物は、相当大きな猪だった。用心深い猪は、普段は森のもっと深い場所にいるものなのに。

意外な大物に、犬たちは果敢に吠えかかってはいるが、近づけずに遠巻きにしている。

兵士たちも同じで槍を突き出すそぶりはみせるが、遠すぎてとても猪には届かない。

取り囲まれて興奮した猪が、猟犬達の方へ突っ込んでいく。その隙を突き、ローアシアが猪の急所である耳の後ろに素早く槍を突き立てた。

しかし致命傷とはならず、猪が暴れた弾みにローアシアの槍の柄《え》が折れてしまった。

「危ない！」

ローアシアの危機に思わず声が出てしまったが、ローアシアは冷静に素早く折れた槍を捨てて剣に持ち替えて形勢を立て直す。だが馬上から剣では長さが足りず攻撃しづらい。

ローアシアは興奮気味の馬の手綱《たづな》を上手く操り、銀の髪を揺らしてひるむことなく猪に立ち向かう。その姿は闘神のごとくに美しい。

けれど、今は見とれている場合ではない。

――早く加勢をしなければ！

レミンは矢を放った反動で身体がぐらついても大丈夫なよう、幹を背にして弓を構える。

矢で狙える猪の急所と言えば、眉間。ローアシアが刺した耳の後ろからの出血で猪の動きが少し鈍くなってきたのを幸いに、眉間めがけて矢を放った。

「外した！」

矢は猪の左のこめかみの辺りに当たったが、角度が悪かったのか突き刺さるまでには至らず。猪がぶるりと身を震わすと矢は簡単に地面に落ちた。

手負いの猪は最後のあがきとばかりに脚に噛み付く猟犬を蹴散らし暴れ回り、気の弱い兵士などは背を見せて逃げ出す始末。このままではローアシアが危ない。

自分が何とかしなければ。お役に立つのだ絶対に！

「シア様！」

この人なくしては、生きていけない。

逸《はや》る気を静めてただ早く正確に矢を射ることだけを考え、狙いやすい枝の中程に立ち、猪の眉間めがけて矢を射った。

「――くっ！」

引き絞った弦《つる》から手を離した反動で、体勢が崩れた。

さっきは幹に背をぶつけて止まることができたが、自分の体勢には一切構わず矢を放った今度はそうはいかなかった。

支えてくれるもののない身体は、そのまま落下しそうになったがその前に弓を手放し、すぐ下の枝にぶら下がる。一気に体重がかかった肩にがくんと衝撃が走ったけれど、何とか持ちこたえて事なきを得た。

「つーっ！　……シア様は？」

ひと息もつかず枝によじ登ったレミンは、立ち上がってローアシアの安否を確認する。

レミンの矢は猪の眉間に刺さっていたが、まだ浅い。ふらつきつつも倒れない猪に、何匹もの犬が後ろ脚や耳に食らいついている。そこに猪の正面に回ったローアシアが、心臓めがけて新たな槍を突き立てた。

槍の刃先は肋骨《ろっこつ》の間に突き刺さり、心臓まで到達したようだ。

どうっと横倒しになった猪に、兵士達が槍を掲げて雄叫《おたけ》びを上げる。

馬上のローアシアはすでに倒れた猪に興味をしめさず、他に獲物を探しているのかきょろきょろと辺りを見回していた。

「よかった、ご無事だ……」

無事な様子に肩の力が抜けて、へなへなと枝の上に座り込んでしまう。木の幹に添えた手が、笑えるほどにぶるぶると震えている。

でもそれ以上に、心が喜びに震えていた。

「よかった……本当に、シア様……」

お助けできれば、自分はどうなってもいいと思った。

自分が死ねば、誰がパストを人間に戻すのか。けれどそんな大切なことも頭から消え去るほど、ただただローアシアを守りたかった。

それは何故か。

「シア様を、愛しているから」

自分の心に問えば、答えは考える間もなく口をついて出た。

我が身より、パストより、大切な愛しい人。

自分もこんな風にローアシアに想ってもらえたならば、どれほどいいか。身の程知らずとは分かっているが、願わずにはいられなかった。

気持ちが落ち着くと、ここでぼんやりしていては置いて帰られてしまうと現実に返れた。

木にぶつけた背中や肩が痛かったが、痛みを堪えて無事に地面まで下りると、馬はのんびりと雪の下の枯れ草を食《は》んでいた。

この馬の足ではこのままローアシア達の元へ向かうより、城に向かった方がよさそうだ。木に登った際に城の位置も確認していた。落とした弓を探し出して回収し、痛む肩で何とか乗馬して手綱を握る。

城に向かって馬を進ませていると、ちょうどいい具合に猪を運んでいる兵士達と出会えたので、彼らと一緒に城へ戻れた。

城には、すでにジエムート王たちも狩を終えて戻っていた。

ジエムート王の方の収穫は狐一匹と兎二匹で、とても猪とは比べものにならない小物だったが、数で勝ったと言い張っていて滑稽だった。

狩で捕らえた獲物は、その日の夕食で提供される。

それぞれの獲物に合わせた調理法で料理長が腕を振るい、ワインで煮込んだり骨付きのまま
じっくり焼かれたりして食卓に上る。

狩に参加した者達が皆大広間で集まり、互いの健闘を称《たた》え合う。

従者のレミンはローアシアから離れた末席に座らされ、食事するより給仕としてローアシアの側に行きたいとやきもきさせられた。

いつものように招待客は皆、ジエムート王の狩の腕前を褒め称え、隣で相伴しているシャスカの美しさを称賛する。

しかしジエムート王が小用でちょっと席を立った隙に、猪を倒したローアシアの元へ健闘を称えに来る者もいて、少し驚くと共に嬉しかった。


宴が終わると、レミンは退席するローアシアを追って二人で部屋へ戻った。

ローアシアの狩着を脱がせて汗を拭う際、怪我などないか丹念に調べその肌に切り傷一つないことに安堵する。

「この矢尻《やじり》は、おまえのものだろう？」

部屋着に着替えたローアシアは、机の上に柄から外れた矢尻を取り出した。

「それは……はい」

レミンはベアリス国の鉄製の矢尻より、使い慣れた硬い山鹿の角製の矢尻を使っていた。

ローアシアは、猪の眉間からこれを見つけた料理長から『功労者のものだから褒めてやってください』と渡されたという。

「あの猪を倒せたのは、おまえのおかげだ」

過ぎた言葉に滅相もないと否定したが、ローアシアはあの矢の助けがなければ危なかったと感謝してくれた。

「僅かでもお役に立てましたのなら、こんなに嬉しいことはございません」

「近場にはいなかったようだが、どこから狙った？」

「樹上から射ました」

「木の上から？」

「リモーでは、樹上から獲物を狙うのはよくあることでございますので」

ローアシアは驚いたようだが、森に囲まれたリモー国では珍しいことではない。狩に出る男なら誰だってできることだ。

「そうか。リモーの狩人《かりゅうど》がいてくれて助かった」

「そんな……嬉しいお言葉です」

こんな冗談を言って貰《もら》えるようになったことが嬉しい。

改めて差し出された矢尻を笑顔で受け取ろうとしたが、腕を伸ばすと打ち付けた肩がズキッと痛んで思わず顔をしかめてしまった。

「レミン？　怪我をしているのか！」

「いえ！　怪我などしておりません。少し肩を打っただけで」

「見せろ」

「いえ、あのっ、本当に……ただの打ち身で……っ」

抵抗虚《むな》しく、あっという間に上着を脱がされ、打ち付けた背中を調べられる。

裸を見られると、そんな意味ではないと分かっていても恥ずかしい。というより、そういうことを想像してしまう自分が嫌だ。

ドキドキとはしたなく心臓が早鐘を打っているのを気づかれたらどうしようと動揺したレミンだったが、ローアシアは真剣に打ち身の心配をしてくれた。

木の幹に打ち付けた箇所を見て、ローアシアは眉根を寄せる。

「痣《あざ》になっているぞ」

自分では見えない箇所なので分からないが内出血でも起こしているようで、ローアシアは自分が怪我をしたかのように痛そうな顔をしていて、何だか申し訳なく思う。

「見目が悪くて申し訳ございません」

「木から落ちたのか」

「落ちかけただけで、落ちてはいません。リモーの男は木から落ちないのです。ちゃんと枝に摑まって——ひゃっ」

ふいに打ち付けた辺りを撫でられて、身体がすくむ。

「せっかくの白い肌が……。怪我はするなと申したはずだぞ」

以前、自分の腕を噛んで怪我をした際、もう怪我をしないよう命じられていたのにこの体《てい》たらく。

肌の白さくらいしか取り柄がないというのに、それまで損なってしまうとは己の迂闊《うかつ》さが悔やまれる。

「見苦しい様をお見せして、申し訳ございません」

「見苦しくはないが、痛むだろう」

「シ、シア様？」

痣になっているのだろう箇所に、ローアシアの唇がはう。そして熱い舌でねっとりと舐められると背筋がぞくぞくして目眩までしそうだ。その感覚をもっと味わいたくて、レミンはうっすらと目を閉じて触れられている箇所に意識を集中する。

「あの……もったいのうございます」

「私を救うために怪我をしたのだ。遠慮するな」

もっと欲しがれと後ろから耳元に囁かれ、膝から崩れ落ちそうになるのを何とか堪えた。

自分はこんなご褒美をいただけることはしていないのだから調子に乗るな、と自分を戒める。

「そもそも、樹上から矢を射ることになったのは、私がはぐれたことが原因です」

従者でありながら、ローアシアの側にいなかった。至らなさを悔やんで握りしめた拳《こぶし》に爪《つめ》が食い込むが、その程度の痛みが何だというのか。

「私はいつも、肝心なときに役立たずなのです」

「おまえは……比較的、役に立っていると思うが」

慰めてくれる気持ちはありがたいけれど、『比較的』などでは駄目なのだ。

「私は……以前、大変な失態をおかしたのです。お側にいれば、お守りできたかもしれなかったのに、その場にいなかったばかりに……大切な方を苦しめることになってしまって」

「前の主に仕えていたときのことか？」

「はい。あの方の代わりに、私がね、こ……いえ、私が身代わりになればよかったのです」

パストが猫にされたあの日。魔女を怒らせて猫になったのが自分だったなら。母親は悲しんだだろうが、パストを守ってのことと知れば許してくれただろう。

自分がもっとしっかりした従者だったなら、と臍《ほぞ》を噛むレミンの頭を、ローアシアはくしゃくしゃと撫でた。

「あの……シア様？」

「おまえは意外と高慢なんだな」

「え？」

「自分がいれば何とかなっただろうなどと考えるのは、思い上がりも甚《はなは》だしい」

「そ、それは……そうかもしれませんが……」

厳しいが正しい言葉に、ますます項垂れてしまう。そんなレミンを、ローアシアは背中から抱きしめた。

肌から伝わる温もりが、凍《こご》えた心まで温めてくれるようだ。

「人は皆、完璧ではない。おまえはよくやっている」

「よくやっている、程度では駄目なのです！　きちんとお役目を果たせなければ意味がない。もう二度と、あんな思いはしたくないのに……また、大切な人の一大事に、私はお側にいなかった！」

パストが猫になったあの日からずっと、胸に渦巻いていた後悔と無能な自分への怒りがあふれて、止まらなくなってしまった。

今回だって、一歩間違えばレミンの居ぬ間にローアシアは猪の牙にかかって大怪我をしていたかもしれないのだ。

そんなことになったら、今度こそ耐えられない。

自分の情けなさに涙があふれて、人前――しかも主の前で泣くなど従者としてあるまじき行為だと思うのに堪えきれなかった。

「うっ、く……も、申し訳……ございません」

「おまえは、意外と泣き虫なのだな」

肩をふるわせ嗚咽《おえつ》するレミンの涙を見ないようにか、ローアシアは後ろから抱きしめたまま髪に頬ずりしたり肩をなでたりして落ち着かせてくれる。

この温もりと優しさを守るためなら、どんなことでもできる。それほどにローアシアの腕の中は心地よかった。

「もう、二度と……お側を離れません」

グズグズと洟《はな》をすすりながら何とか泣き止《や》むことができたレミンが改めてローアシアに誓うと、ローアシアはひときわ強く二人の間に隙間がなくなるほど抱きしめてくれた。

「……ああ。離れるな。おまえは……」

何事か言いよどむローアシアを振り返れば、まだ涙に濡れたレミンの目を見つめるローアシアはどこか苦しげに眉根を寄せる。

「シア様……?」

「おまえは、私の従者だ」

「……はい」

側にいるのが当たり前。それが従者の仕事。

ただの従者としか思われていなくても、側にいられる。レミンはその小さな幸せを噛みしめた。

◆

時の流れは早いもので、収穫祭から四ヵ月の月日が流れた。

今日は新年を祝う祭の日で、城の大広間で旅芸人が芸を披露している。

今回の祭では、シャスカは街で評判になったよく当たるという占い師を呼び寄せた。

黒いフードを目深《まぶか》に被《かぶ》っている上に、艶のない茶色がかった白い髪がうねうねと顔にかかっているので顔はほとんど見えないが、しわの寄った手から高齢の女性というのは分かった。

占い師は絵の描かれたカードを使い、失《う》せ物探しから未来の伴侶がどこにいるのかなど言い当てるそうだ。

シャスカは、母親の形見の指輪をなくしてふさぎ込んでいる侍女のために呼び寄せたのだが、占い師は庭園の噴水近くの植え込みの陰、と見事に指輪の在処《ありか》を見通した。

城の庭園内など見たこともないはずなのに、まるで見てきたかのように噴水や木々の位置まで言い当てていたそうだ。

失せ物探しの他にも、恋人の浮気など女性が目の色を変えて知りたがる事柄を次々と言い当て、占い師は城内の女性達に大人気となった。

「またおかしな者を招き入れたか」と呆れたローアシアに、シャスカは「前に招き入れた楽師は、シア兄様に取られてしまいましたから」と笑顔でやり込めた。

ジエムート王は『人に名前を知られると能力がなくなる』と名前も出身地も明かさぬ占い師をいぶかしんでいたが、占い師が事故を予見したことから信頼を寄せるようになった。

鉱山で近々事故が起きるという予言をジエムート王は信じなかったが、シャスカが念のためにと作業を一時中断させたところで崖崩れが起きたのだ。

坑道の入り口がふさがったが、中に人がいなかったおかげで人的被害は出なかった。

これでジエムート王もすっかり占い師を信用したのだが、パストだけは不審の目を向けた。

◆

「あの占い師は、どうもうさんくさい」

「何故そうお思いに？」

何も不審を感じていないレミンにもどかしさを感じたが、パスト自身もその不審感に確信を持てずにいた。

「俺を猫にしたクソ魔女とよく似た匂《にお》いがするんだが、マタタビでも持っているのかあいつに近づくと頭がくらくらして……よく分からないんだ」

マタタビの影響以外にも、猫になってからの方が鼻が利くせいで、人間の時に嗅いだ匂いと同じかどうか判断がつかない。

『魔女』と『占い師』どちらも縁がなかった者達なので分からないが、怪しげな術を使う者達に共通の香草があって、たまたま二人が同じ香草を使っているだけかもしれない。

そうだとしても用心に越したことはない。

「ちょっとあいつの行動を見張っておくよ」

「お気を付けて」

密かに行動を監視していると、ある夜、占い師はジエムート王の部屋へと入っていった。

猫になってからパストの聴覚はよくなったが、分厚い扉越しでは何か話していることは分かるが詳しい内容までは聞き取れない。

「となれば、だ」

パストは廊下の窓から身軽に外へ移動した。

外壁を取り巻くコーニスや僅かにせり出したブラケットを足場に、易々と移動できるのは猫ならではだ。そうしてたどり着いた王の部屋の上部にある小さな明かり取りの窓から、こっそりと中をうかがう。

「シャスカ姫様が王位に就かれますれば、この国はますます富み栄えると水晶が告げております」

「それは誠か！」

「はい。この水晶の輝きをご覧ください。これが、姫様が女王となられたときのベアリス国でございます」

「おお……」

占い師がローブの懐《ふところ》から取り出した手のひらに収まる程度の大きさの水晶玉が、松明《たいまつ》の明かりより眩《まぶ》しく輝きを放つのにジエムート王は大きく息をのむ。

あまりの光に、パストも目を細めてしまったほどだ。

食い入るように水晶を凝視するジエムート王に、魔女は大げさにため息をつく。

「ですが、ローアシア王子様がいらっしゃるばかりにそれが叶《かな》わぬのが残念でなりません。ローアシア王子様が王になられましたらば……」

占い師ははっきり言葉にしなかったが、水晶はみるみる輝きを失い黒く澱《よど》んでしまった。

消えゆく光に手を伸ばしたがどうすることもできなかったジエムート王は、その手を強く握りしめて憤《いきどお》る。

「やはり、あやつは疫病神《やくびょうがみ》か！　……なんとかならぬものか」

「そういうことなら、私がお力になれるかと」

「何か手立てがあると申すか！」

「はい。これをお使いください」

占い師が再び懐から何かを取り出したが、パストのいる位置からはよく見えなかった。思わず身を乗り出そうとしたその時、気配を感じたのか占い師が振り返った。

「……危ない。見つかったか？」

パストは頭を引っ込めて耳だけ澄まして中の様子をうかがったが、気づかなかったのか占い師は王様を相手に話を続けている。

どうやら何か道具を使ってローアシアが王位を継げなくなるよう、小細工をすることを勧めているようだ。

話は聞きたいが、また中を覗《のぞ》いて気づかれるとまずい。これ以上ここから様子をうかがうのは諦《あきら》め、王の部屋の入り口へと移動する。

すると、何事か言いつかったのだろう執事が部屋から出てきたところだった。

――遅かったか。

執事を部屋へ呼んだということは、聞かれてはまずい話は終わってしまっていたのだろう。

それならば、このままジエムート王の部屋をうかがうより、執事が何を言いつかったか調べる方がいいと判断し、パストは執事を追いかけることにした。

つんとすました白髪《しらが》頭の執事は、馬の手入れに使うブラシを銀色のお盆にのせて運んでいたが、通りがかったシーツを運んでいた召使いを捕まえてそのブラシを押しつけた。

「厩舎へ行って、明日の朝、狩へ出かける前にこのブラシでローアシア様の馬の手入れをするよう馬丁に申しつけよ。いいか、ローアシア様の馬だけだぞ！　くれぐれも他の馬には使わぬように伝えろ」

「はい。明日の朝、これでローアシア様の馬を手入れさせればよろしいんですね」

「そうだ。ローアシア様の馬だけだぞ」

念を押して執事が去って行くと、小太りで赤ら顔の召使いはいかにも面倒そうにシーツにのせられたブラシを見て、厩舎ではなく小姓達の部屋へと向かった。そうして、部屋にいた小姓を呼びつける。

「おい、ジル！　このブラシを馬丁のとこへ持っていけ。それで朝になったら王子の馬だけこれで手入れしろと言え」

自分で行った方が早くとも、城の中ではこうして召使いの中でも少しでも下の者をこき使うのが当たり前なのだ。

命じられたまだ十歳ほどの栗毛の小姓は、奇妙な指示に首をかしげる。

「ローアシア様の馬だけ、ですか？」

「そうだ。他の馬には絶対に使うなとさ」

「朝に、ローアシア様の馬にだけ、このブラシを使う。ですね」

「分かったらさっさと行け！」

きちんと復唱する小姓を追い立て、赤ら顔の召使いは自分の仕事に戻っていった。

自分より下の召使いのいない小姓は、ブラシを持って厩舎に向かう。

パストはその後を追おうとしたが、ふと何事か思いついて立ち止まる。

——あのブラシを、ローアシアの馬に使わせるのはよくないよな？　占い師がジエムート王に授けたのは、あのブラシのはず。だとしたら、あれはローアシアに何か害を加えるためのものだろう。

使わせないにはどうすればよいか。一瞬のうちに名案の浮かんだパストは、にんまりと笑って今いる二階から、厩舎へ続く中庭の小道に小姓が出るのを待った。

辺りをうかがい廊下にも外にも誰もいないのを確認してから、パストは庭に出た小姓に向かって、窓の陰から赤ら顔の召使いのだみ声を真似て声をかけた。

「おいジル！　王子の馬じゃない！　王様の馬だ！　それは王様の馬に使わせろ！」

「え？　王子様ではなく、王様、ですか？」

振り返って声の主を探して確認しようとする小姓を、怒鳴りつけて急《せ》かす。

「そうだ！　分かったら早く行け！」

「はい！」

素直に駆け足で厩舎へ向かった小姓が間違えずにお使いができるか、確認するためパストも急いで後を追う。

厩舎に着いた小姓は、パストに指示されたとおりに『朝に王様の馬の手入れにこのブラシを使う。他の馬には使わない』ときちんと馬丁に伝えたのに安心して、パストはその場を後にした。

「――とまあ、そういうことがあったわけだ」

月のある夜でしゃべれたおかげでできた作戦だ。月が味方をしてくれたようだ、とパストはレミンに向かって白いハート模様が浮かぶ胸を張った。

「だけど、それで王様に何かあったら大変ですよ！」

「知るか。何事もなくて当たり前。よからぬことをしたのだとしたら、自分に返ってくるだけだ」

「それは……そうかもしれませんが……」

ローアシアが自分の息子でないとしても、危害を加えようとするなんて許されない。

明日、大がかりな狩が開かれるので近隣の領主が集まる。その場でローアシアの馬の見た目をちょっと悪くして、また恥をかかせようとしている程度かもしれない。

「あのクソ王も、ローアシアを殺すまではしないだろうしな」

殺すつもりならとっくに殺せただろうに、そこまでしなかったのは、ローアシアが自分の息子ではないという確信がないからなのか。

真相を知る者は二人とも鬼籍に入り、確かめるすべはない。ジエムート王のいらだつ気持ちは理解できるが、だからといって何の罪もないローアシアを苦しめていいはずはない。

「何事も起こらなければよいのですが……」

「それは王様次第だな」

何事かあれば身を挺《てい》してでもローアシアを守る、と意気込むレミンはもうすっかりローアシアに心を奪われている。

パストから見れば、ローアシアの方もレミンに特別な執着心を持っているのは間違いなかった。

——それなのに何故、呪いが解けない？

まだ何か足りないのか。だとしても、もう一押し何かきっかけがあれば二人が相愛の仲になるはず。

——そうしたら、俺は人間に戻れる。

喜ばしいことのはずなのに、心は弾むどころか沈んでいく。

パストは小さな窓から見上げた満月にシャスカの笑顔を思い描き、じっと見つめ続けた。

◆

パストからの報告に、レミンは不安でよく眠れないまま狩の朝を迎えた。

大雪でも降って中止になればいいとの願いも虚《むな》しく、晴れ渡った快晴の空が恨めしい。

さらに最悪なことに、レミンは狩へ同行させてもらえなくなった。

狩の場で迷子になるような従者は足手まといだから連れてくるな、とジエムート王から指示があったそうだ。

今日の狩には、ジエムート王に呼びつけられた近隣の領地の貴族達も参加するので、みっともないところは見せられないと言うことだった。

狩は冬にもできる数少ない娯楽なので人気が高い。

城内の広場に集まった四十人ほどの貴族とその従者達は、白い息を吐きながら互いに新調した槍を披露したりこれまでに仕留めた獲物の数を自慢し合ったり、とそれぞれに久しぶりの狩に興奮して浮き足立っている。

今回は新年最初の狩ということで、大物狙いで森の奥まで分け入り猪を狙う。

前回の狩でローアシアが大きな猪を仕留めたので、ジエムート王は今度は自分がと意気込んでいるようだ。

集まった人々の熱気につられて、猟犬たちも興奮して吠え立てる。

そんな空気に飲まれてか、馬たちもいつもより落ち着きのない様子だ。

城の馬の中でもひときわ目立つジエムート王の立派な軍馬も、ぶるると鼻を鳴らし白い息を吐き出して少し興奮している。

やはり何かあったかと不安になったが、軍馬は馬丁に鼻先を撫でられてニンジンを一かけもらうとすぐ落ち着いた。

早朝にパストが厩舎に忍び込んで馬の手入れを見てきたはずだが、特に異変はなかったようだ。何かあったならしゃべれなくとも異変を伝えにレミンの元へ来るはずだが、パストは人混みを避けて木の上からのんびりと人馬を眺めている。

すでに騎乗したジエムート王も上機嫌で、周りに群がった貴族達からの挨拶を受けていて何も不審な様子はない。

占い師の姿もなかったが、それは想定内だった。

夫に随行してきた貴族の奥方や娘達をもてなすのは、シャスカの役目。その場の余興として占いをするべく姫の部屋に呼ばれているのだろう。

レミンも城に残るのなら、パストと共に芸を披露しなければならない。

暖かく安全な部屋でリュートを奏でているよりも、凍えるような寒さや猪の牙にかけられる危険にさらされてもローアシアの側にいたいのに。

その願いが叶わぬのなら、せめて身支度だけでもぬかりなく務めたい。

レミンはローアシアの首に狐の毛皮でできた襟巻きを巻いたり靴に拍車をつけたりしながら、馬具の金具に緩みや傷はないかも慎重に調べた。

ローアシアの愛馬の様子もしっかりと確認したが、特に変わったところはなかった。

頰をなで、その目を見据えて真剣に頼み込む。

「……シア様のこと、よろしくお願いしますね」

馬の目は穏やかで、頬をなでてくれたお礼とばかりに首筋に頭を擦り付けられ、緊張がほぐれて笑顔になれた。

「ふふっ、いい子だ。帰ってきたらたくさんニンジンをあげるからね」

「あまり甘やかすな」

レミンが勝手な約束をしたのが気にくわないのか、不機嫌そうなローアシアに叱られた。

けれどレミンは一緒に行けないし、他にローアシアのことを託せる人もない。

馬に頼み事をするくらいのことしかできない自分が歯がゆくて、唇を噛みしめる。

「……まあ、少しくらいならかまわんが」

レミンが表情を曇らせたのを、馬にニンジンをやれなくなったせいと勘違いしたのか、ニンジンをやる許可をくれるローアシアは、やはり優しいと思う。

ローアシアは優しくて、強い。何があっても大丈夫と自分に言い聞かせて笑顔で見送ろうとしたが、上手く微笑めず顔が引きつる。

「シア様……くれぐれもお気をつけて」

「たかが狩に、まるで戦へ出陣するかのように大げさな見送りだな」

「ご一緒できないのが本当に残念です」

昨夜の王と占い師の密談を知らないローアシアが、あまりに深刻な面持《おもも》ちのレミンをからかってくるのも無理はない。

一緒に行ってもまたはぐれるのが関の山だとしても、少しでも近くにいたい。遠くからでも見守りたい。

切実に願って見つめるレミンの真剣な眼差しに、ローアシアは口の端を上げた皮肉な笑みを消す。

「すぐに戻るから、安心して待っていろ」

目を細めて口元をほころばすローアシアの優しい笑みに見とれ、少しだけ微笑むことができた。

出発の時間を知らせる角笛《つのぶえ》が鳴り響くと、ざわめきが一旦静まる。

静かに緊迫が高まる中、城門の前に進み出たジエムート王が手にした槍を高々と上げた。

「ベアリス国の勇敢な騎士達よ！　森の主ほどの猪も、恐れずに仕留めよ！」

ジエムート王の言葉に奮い立った人々が雄叫びを上げ、馬に拍車をかける。

先頭を走る猟犬の後には狩猟馬に乗った騎士が続き、その後をジエムート王と貴族達が進む。

今日は競う必要もないので、ローアシアは集団の後ろの方にはぐれぬ程度の速度でついて行った。

「シア様、どうぞご無事で」

レミンは城門塔にのぼり、そこから白い雪煙を上げて遠ざかる狩の一団が森の中に消えていくまで見送った。

長く外にいてすっかり身体が冷えてしまったレミンは、パストを抱っこして温まる。

「ひとまず、何もなさそうでよかったです」

パストの取り越し苦労で、やはりあのブラシはただのブラシだったのではと思いたかったが、腕の中のパストはウウッと不服そうに喉を鳴らし、じっとりとした目で睨め付けてくる。

「何をおっしゃりたいのです？　昼間は会話できないのが本当にもどかしいですね」

パストが何を言いたいのか分からなかったが、その心配が現実となるのにさほど時間はかからなかった。

午前中はご婦人方によるシャスカへのご機嫌伺いと情報交換という名の噂《うわさ》話で忙しく、余興の出番はなかった。

昼を過ぎると、昼食を終えた婦人達のためにレミンはリュートを奏で、パストは踊る間もなく猫好きの女性達に競い合うように抱っこされていた。

占い師の様子を知りたかったが、占い師は夫の浮気や子息の縁談など私的なことを占ってほしいという婦人方のため、別の部屋を用意されてその場にいなかったので、どうしているのか分からなかった。

「猫様？　どうしたの？」

和やかな午後の茶会の席で、一番に外の異変に気づいたのはパストだった。

大人しく抱っこされていた膝の上から飛び降り、窓の縁に上ってじっと外を注視する。

何事かとシャスカやレミンも窓から外を見ると、一人の兵士が角笛を吹き鳴らしながらすごい勢いでこちらに馬を走らせていた。

「誰か怪我人でも出たのかしら」

狩に怪我はつきもの。ましてや今回は猪狩だ。

ローアシアの身に何かあったのでは、と不安で心臓が早鐘を打つのに血の流れが止まってしまったかのように指先が冷たくなる。

他の女性達も、自分の夫や父親に何かあったのではとざわめき出す。

「私が話を聞いて参ります!」

とにかく早く事情が知りたくて、レミンは城門まで伝令の兵士を迎えに行くことにした。

部屋を飛び出す際、素早く肩に乗ってきたパストと共に城門へ向かう。

角笛を聞きつけて他の兵士達も城門前に集まる中、たどり着いた伝令に門番が訊ねる。

「何事だ!　怪我人が出たか?」

「……お……お、王様、が……」

「ジエムート王が?　王様が怪我をされたのか!」

「う、馬が……馬から……落ち、て……」

息切れしてなかなかしゃべれない伝令の話をまとめると、犬に追い立てられた猪が向かってきて、それに驚いた馬が立ち上がってジエムート王が振り落とされたそうだ。

腰を強打したジエムート王は自力で動けず馬に乗れなくなったので、横になったまま運べる荷馬車を寄越すようにということだった。

「あの名馬がそんなことで？」

「よほど大きな猪が出たのか！」

「いや……まだ若くて、それほど大きくない奴だったんだが……」

ジエムート王の軍馬は、王の馬だけあって国中で一番の名馬。

体格がよいだけでなく落ち着いて肝が据わった馬だったのに、と兵士達は皆口々に不思議がったが、合点がいったレミンだけは血の気が引いて顔面が蒼白《そうはく》になった。

——やはり、ブラシに何か細工がしてあったんだ。

馬が興奮するような薬でも染み込ませてあったのだろう。

証拠のブラシを確保しようと、レミンは近くにいた小姓にシャスカ姫への伝令を頼み、自分は厩舎へ向かった。

馬丁達は荷馬車の用意で慌ただしく、レミンには目もくれなかったのでじっくりと探すことができた。

「手入れの道具は……ここか。どのブラシだろう……」

慌ててきたのはよいが、どれが問題のブラシか分からない。

鼻の利くパストに訊ねたが見当たらなかったようで、パストはいらだたしげにしっぽで地面をぴしぴしと打った。

レミンが厩舎に行っている間に、医師を伴い荷馬車が狩り場へと向かったが、日暮れ前に戻った狩の一団にジエムート王の姿はなかった。

長く移動するのが難しいジエムート王は、本人の希望で狩り場の森の側の荘園に運び込まれたのだ。

荘園の主のワルグール公爵《こうしゃく》夫人がジエムート王の妾《めかけ》、というのは公然のことだったので誰も不審に思わなかった。

医師によると、ジエムート王は腰の骨が折れていて、歩くどころか立ち上がれるようになるかも怪しいと言うことだった。

「よほど立派な猪だったのか『神は見ておられる』とか『悪魔に惑わされた』とかおっしゃられて、恐れて怯《おび》えておられた」

狩に同行していた貴族や兵士達は、ジエムート王が『神の使い』とおぼしき猪を殺そうとした報いで怪我をしたと思っていると解釈したようだが、おそらく違う。

きっと占い師にそそのかされてローアシアに害をなそうとした報いを受けた、と罪の意識に苛まれているのだろう。

だからローアシアと顔を合わせずにすむよう、荘園に身を隠したのだ。

気の毒とも思うが、パストが悪巧みに気づかずローアシアの馬があのブラシを使われていたら、落馬をしたのはローアシアだったはず。

まさに自業自得の展開だった。

「ご無事で何よりです」

レミンは城に戻ってきたローアシアを出迎えたが、ローアシアはひどく疲れた様子だった。

部屋へ戻っても、着替えもせずに長椅子に身を投げ出す。

「あの……王様のお加減は如何でした？」

「よほど気弱になったのか……『許せ』と言われた」

狩の場で、落馬したジエムート王の元に駆けつけた際に、そう言われたそうだ。

「それは……」

ローアシアはこれまでの冷酷な仕打ちに対してと思ったようだが、本当は落馬をさせようとしたことへの謝罪だろう。

けれどそれを証明するすべはないし、ジエムート王がローアシアに危害を加えようとしていたなんて本人に知られたくなかった。

『許せ』などと、そんな言葉が何になるのか。許せるはずがないだろうとレミンは思ったのだが、ローアシアの表情に怒りはなく、ただ哀れみの色だけが見えた。

「あの男は……あんなに小さかったかと驚いた」

己の罪に怯え、怪我の痛みに縮こまっていたジエムート王の姿は、ずいぶん小さく見えたようだ。

「あんなに小さければ、天国の門が開かなくとも鍵穴から通り抜けられるだろう」

恨むこともはばかられるほど惨《みじ》めな姿に、ローアシアは彼の魂の救済を神に祈った。

かつては父親として慕い尊敬していた相手を『あの男』と呼ばなければならなくなったローアシアの絶望や寂しさや悔しさは、レミンには想像もつかない。

レミンはただ、ローアシアの願いが叶うようにと祈った。

◆

荘園に引きこもったジエムート王は、退位はしていないが隠居したも同然となった。だが、ローアシアとシャスカがいれば執務に支障はなかった。

それでも敵対する諸外国に隙を突かれないよう、ジエムート王が城に不在でもベアリス国は安泰であると知らしめる必要がある。

ジエムート王はシャスカを女王にしたがっていたが、表向きはローアシアが次期王となっていたので、対外的な王の代行はローアシアが担うことになった。

ローアシアは王の見舞いを名目に偵察に来る使者との接見に親書への返信と忙しく、レミンもローアシアの身支度や使者の接待などの雑務に追われ、甘いひとときを過ごす余裕はなく夜伽に呼ばれることもない。

それは寂しいことだったが、ローアシアの負担を少しでも減らすよう立ち働くのは、やりがいのあることだった。

そう思い込まなければ、寂しくて。独り寝のベッドでローアシアを想って身体が疼くこともあったが、パストがいるのでどうすることもできず。

茶葉の種類と効能を思い出したり、最近覚えた歴代ベアリス国王の名前を頭の中で復唱したりして気を紛らわせた。

ジエムート王をそそのかしたあの占い師がまだ城内にいることは気がかりだったが、彼女が何かをしたという証拠はない。ブラシも見つからず、ジエムート王との話を聞いていたのが猫のパストでは他の人に証言もできない。

占い師はただ他の者達と同じく、ローアシアをないがしろにしてジエムート王に取り入ろうとしただけなのか、他に目的があるのか。

その動向は引き続きパストが見張ることにしたが、占い師は城の侍女や客人相手に夢占いや恋占いなどたわいのないことをしているだけで、変わった動きはなかった。

でもそれはただ、水面下での動きが見えていなかっただけだった。

◆

ローアシアは、その日も遅くまで親書や報告書を読んでいた。

よほど面倒な報告でもあったのか、ローアシアは小さく声を上げ一枚の書類を食い入るように凝視する。

「……これは……」

仕事の邪魔をしてはいけないと思ったけれど、書類を読む間にどんどん表情が険しくなるローアシアが心配で、レミンはつい声をかけてしまった。

「シア様？　如何なさいました？」

「……いや。何やら……おかしな書類が紛れ込んでいたようだ」

「え？　それは申し訳ございません。確認をし直します」

「いや、いい。……これは私が確かめる」

間違った書類を持ってきてしまったのかと思ったが、ローアシアはまるでレミンに見せたくないもののようにその書類を引き出しに仕舞った。

その後も、以前のような何を考えているのかわからない無表情になったローアシアが心配だったが、大国には自分などでは想像もつかないほど大変な事情があるのだろう、と勝手に想像して納得するしかなかった。

それからすぐにローアシアは「疲れたのでもう切り上げる」と仕事を終え、レミンにも下がるよう命じた。

就寝前にローアシアの髪を梳くとき、普段ならたわいのない会話をしたり軽く触れ合い接《せっ》吻《ぷん》することもあるのに、今日はよほど疲れたのかローアシアはずっと目を閉じて何か考え込んでいるようだった。

髪を結い終えベッドに入る際に、ローアシアは「おやすみ」と挨拶はしてくれたが、それもどこか上の空だった。

やはりいざというときに相談したり頼ったりしてもらえない、こんな頼りがいのない従者だから愛されないのだろうか、とひどく気分が落ち込んだ。


自室に戻ったレミンは、パストに不安を打ち明けた。

「最近、何故だかよく胸が痛むのです」

「ニャンだ、どうした。病気か？」

ベッドに腰掛けたレミンの膝に座ったパストは、胸に擦り寄り心音を聞き、音に変化はないなと頷く。

「病気じゃなくて悩み事か」

「……私の使命は、猫様を元のようにご立派な王子に戻すこと。そのために……ローアシア様に愛していただかなくてはならなかった。そうして今、私はローアシア様を愛しています」

「いいことなんじゃないのか？」

使命を抜きにしても愛していると、言外に告げるレミンの真剣な眼差しに、パストはそれの何が悪いと首をかしげる。

「ですが、結果的には……猫様のためにローアシア様を利用しているというか、騙《だま》しているようで、心苦しいのです」

「まあ、確かに始まりはそうだったけど、ローアシアだってこのまま誰も愛さず誰にも愛されずで生きていくなんて、寂しい人生だろう？　向こうは愛する人ができて、こっちは人間に戻れ――」

「……どうされました？　猫様」

「んー……何か気配がしたけど、誰かが通っただけか？」

パストが扉の向こうに人の気配を感じたそうなので、念のため扉を開けて廊下を見てみたが人影はなく、すぐ隣の階段を下りていく足音が微かに聞こえただけだった。

夜間でも部屋の前を見回りの兵士が通ることはあるが、パストが気にするほど気配を感じたことはこれまでなかった。

一人部屋から声がするのを不審に思って立ち聞きをしていたのでは、と不安が過ぎる。

「猫様が話せるとバレたのでは……」

気に病むことが多いせいか、また胸の辺りがもやもやして苦しくなる。胸を押さえて眉根を寄せるレミンを、パストは「気にしすぎだ」と笑い飛ばす。

「そんなことに気づいたら、騒ぐか腰抜かすかするだろ。おまえがぶつぶつひとり言を言ってただけだと思うさ」

「……そう、ですよね」

「そうそう。おまえはいろいろ気にしすぎなんだよ。ローアシアとのことだって、出会いときっかけってそんなに大事か？」

「大事なことではないでしょうか」

「今の自分の気持ちよりも？」

「私の気持ち、ですか……」

きっかけは『パストを人間に戻すため』だった。けれど今の自分の気持ちは——。

「呪いが解けてもお側にいたい。ですが、ローアシア様はいずれ、どこかの姫を娶《めと》られる身」

「ああ……それはなぁ……」

国を司る王として、高貴な姫を娶って世継ぎをもうけるのは避けて通れない責務。自身も王族として望まぬ結婚を勧められていたパストには、分かりすぎるほど分かる問題だろう。

愛のない結婚をして愛人を囲う王もいるが、真面目《まじめ》なレミンに愛人の立場など受け入れられるはずもない。

「万が一、愛していただけたとしても、それはローアシア様がお后を迎えられるまでのこと」

そう思うと心が塞ぐ。

「今、愛されてもいないくせに、先のことまで考えて……愚かですよね」

自嘲するレミンを、パストは笑いはしなかった。

「愚かと言うなら、俺は……呪いが解けなくてもいいか、なんて考えてしまうときがある」

「え？」

意外な言葉に目を丸くしたレミンだったが、パストは呪いが解けても自分は自由にはなれない身だと嘆く。

「人間に戻れたら、どこぞの姫と結婚して異国に骨を埋める運命だ。だったら、好きになれない相手のご機嫌を取って暮らすより、シャスカ姫の膝の上であのたおやかな指で撫でられ、星よりも輝く瞳を見つめていた方が幸せかもしれない、なんてな」

「猫様は、シャスカ姫のことを——」

「言うな。詮無《せんな》いことだ」

王族といえども格の違いはある。パストがどれだけシャスカを想おうと、吹けば飛ぶような小国の第三王子が、ベアリスほどの大国に婿入りできるわけがない。

「叶うことなら、人として姫のお手を取り語らうことができればこの上なく幸せだろうけれど……それすら叶わないのなら……」

猫のままでいいから側にいたい。

語らずとも聞こえる心の声が切なくて、鼻の奥がつんと痛くなる。

「それでも……このまま、呪われたまま生涯を終えるのはあんまりです！」

「それはまあな。やられっぱなしでは後生が悪い。あの魔女の鼻を明かしてやりたいって気はある」

叶わぬ恋に身を焦がす、これが魔女の本当の呪いだったのではと思うほど辛い。

けれど——。

「他に何も望まないほど、すべてを捧げられる人に出会えたことは嬉しいです」

それほどまでに愛した人に、愛されたならどれほど幸せだろう。

「愛していると、お言葉をいただけたなら……」

「愛していると、気持ちだけでも伝えられたら……」

レミンとパスト、二人の乳兄弟《ちきょうだい》は共に愛しい人への想いを抱いて、弓のように細い月を眺めた。

◆

翌朝、ローアシアの朝の支度に部屋へ向かうと「今日は裁判がある」と告げられて、何事かと驚いた。

裁判は普通、裁判官がおこなう。だが裁判官はあちこちの領土から呼び出されて忙しく、常に城にいるわけではない。裁判官が不在時には王が直接裁くこともあるが、それはよほど重大で緊急性のある問題だけ。

今は裁判官も王も不在ということで、王子であるローアシアが裁くようだ。

「また急でございますね」

「ああ。おまえも参加するように。あの猫もだ」

パストも一緒に裁判を傍聴するとはおかしな話だと思ったが、今朝のローアシアはぴりぴりと緊迫した雰囲気で話しかけるのが躊躇《ためら》われた。

わけが分からなかったが逆らう理由もないレミンは、普段通りに朝の支度をこなす。

「かしこまりました。今日のお茶は――」

「ミプル山のお茶にしてくれるか。気分が落ち着くのだろう？」

「はい！　すぐにご用意いたします」

もう他のお茶を淹れていたのだが、ローアシアからお茶に関して指示があったのは初めてだった。

父親の故郷のお茶を気に入ってくれたのかと嬉しくなって顔がにやけ、にこにことお茶を用意しているとローアシアと目が合った。

裁判なんて大変なことがある日ににやけているのを怒っているのかと思ったが、その顔は怒っているというより寂しそうで、胸がざわつく。

「シア様、ご気分でもお悪いのでしょうか？」

「……いや」

否定はしても、言葉少なに目を伏せたその態度から、体調か気分に問題を抱えているのは明らかだ。けれど問い詰められる立場にないレミンは、いつもよりさらに心を込めてお茶を淹れることしかできなかった。

裁判用の黒のローブもローアシアにはよく似合っていたが、やはりその表情にいつもの精《せい》悍《かん》さがなくて心配だ。

裁判の時間になり大広間へ向かうと、ローアシアに続いて入室しようとしたレミンとパストは入り口で止められてしまった。

てっきりローアシアの元で、書類の受け渡しなどの雑務をするものと思っていたのに。どうすればいいのか止めた兵士に訊ねても「大人しくしていろ」と言われ、まるで監視下に置かれたかのように二人の兵士に挟まれて待たされた。

程なくして内側から扉が開くと、両脇の二人の兵士に促されてパストを抱いたレミンは大広間へと入室した。

正面の裁判官の椅子にローアシアが座り、そこから少し離れた長テーブルに傍聴人としてシャスカと侍女たちに、占い師の姿もあった。その他にも、城の高官だけでなく普段レミンが一緒に仕事をしている料理長や水車番などの姿まである。

レミンはリモー国で何度か裁判を傍聴したことがあったが、こんな風に召使いが呼ばれているときは、召使いの中の誰かが被告のことが多かった。

いったい誰が裁かれるのか？　その答えは、もっとも想像しなかった者だった。

「被告人、レミン・マリソと、その猫を前へ」

「え？」

裁判補佐官の読み上げた被告人の名前に、レミンのみならずその場にいた全員がざわつく。

荒れる草原のようなざわめきの中で、ローアシアだけが冷静だった。

裁判官であるローアシアの前へと引き出されたレミンに、背の高い椅子に腕を組んで座ったローアシアが詰問をする。

「おまえの連れている猫は、踊るだけでなく人の言葉を話せることを何故黙っていた？」

「ど、どうしてそれを？」

易々と認める発言をしてしまうレミンに、パストは項垂れて頭を振る。その人間的な動きに、ざわめきはいっそう強くなる。

「猫様が、しゃべれるですって？」

ひときわ驚きの声を上げたのは、パストを一番可愛がっていたシャスカだった。

「猫様？　話せるのなら話してちょうだい。私、あなたとおしゃべりがしたいわ」

シャスカは驚きつつも怒ってはいないようで、優しい声で語りかける。

パストだって、できることならシャスカといろんな話がしたいだろう。けれども、正体がばれれば人間には戻れないので話せずにいた。

それに何より月が出ていないこの時間では、切なげにニャアンと鳴くことしかできない。

しかしそんな事情を知るよしもないローアシアは、恩知らず故にしゃべらないと判断したようだ。嫌悪感をあらわに柳眉《りゅうび》を逆立てる。

「あれほど可愛がっていたシャスカの頼みでも聞かぬか」

「猫様以上にシャスカ姫様をお慕いしている者はおりません。それでも、どうしても話せない事情があるのでございます！」

必死に訴えるレミンの言葉に、シャスカはじっとパストの緑色の目を見つめる。

「猫様……本当？　本当に私のことが好き？」

「ニャッ」

「……本当は嫌い？」

「…………」

「好き？」

「ニャァン！」

完璧に人の言葉を理解して返事をするパストに、シャスカは嬉しげに頬を染めたが、他の者は黒猫に奇異の目を向ける。それまでは愉快な『踊る猫』と笑って見ていたのに。所詮は猫と見下していたものが、それ以上の存在となると忌避の対象になるなんて。

パストはシャスカに近づこうとしたが、近くにいた兵士に槍で牽制されその場に留まる。シャスカも流石《さすが》に王の代行として裁判をしている兄に逆らうことはできないのか、傍聴席に座ったまま、ただじっとパストに潤んだ眼差しを向けていた。

しゃべらないと言うより今はしゃべれないのだが、あくまでも猫として鳴くパストにローアシアは冷たい視線を送る。

そしてその氷のような眼差しは、レミンにも向けられた。

「おまえは昨夜、その猫のために私に近づいたと申していたな」

「それは！　……あのとき部屋の前におられたのは、ローアシア様だったのですね」

「おまえと猫が、夜な夜な部屋で悪巧みをしていると報告があった」

昨夜ローアシアが見て顔色を変えたのは、レミンの猫に関する告発状だったのだ。

おそらく告発状を見ても猫がしゃべるなどとは信じられなかったが、パストは特別な『踊る猫』。人の話を理解している節もあったので、念のため自分自身で確かめに来たのだろう。

そうして、レミンとパストが話しているのを聞いてしまったのだ。

「黒猫は悪魔の使い、などという言い伝えを信じるほど古い人間ではないが、私は確かにおまえの部屋でおまえが誰かと話している声を聞いた。猫以外に、誰か他の男がいたというのか？」

「いいえ！　猫様以外、誰もおりませんでした」

それは猫と話をしていたと認めることだが、それでも他の男を夜に部屋へ連れ込んだと疑われる方が嫌だった。

「話を聞いたということは――どのような話を？　何をお聞きになられました？」

黒猫の正体がパスト王子であること、それを知られてはパストは二度と人には戻れない。

その部分を聞かれていたらと青ざめたレミンだったが、ローアシアが耳にしたのはそこではなかった。

「おまえは私を利用しようとしていて……その猫は誰にも愛されない私を馬鹿にしていたな」

「それは！　違い……いえ、それはきっかけであって、今は違いますし、猫様も決してローアシア様を馬鹿になどされておりません！」

呪いに関すること以外で、もっとも聞かれたくない部分だけを聞かれてしまった。

どうしてその後の肝心な部分を聞いていてくれなかったのか。

間の悪さに頭を掻《か》きむしりたいほどだったが、ローアシアにとっては聞こえた部分だけが真実だ。

自分を利用しようとした者と、馬鹿にした猫を手元の告発状を見ながら淡々と断罪する。

「ジエムート王が落馬をされた前日、あの猫が厩舎で王の馬に使うブラシに何かをしていて、当日にまた現れてそのブラシが消えたそうだな。ブラシに何か細工をしたのか？　答えよ」

その話を知っているのはこの人物だけ、とレミンは占い師の方を見たが、フードで顔が隠れていて何を企《たくら》んでいるのか読み取れなかった。

状況から、魔女が化けているとしか考えられない。

きっとレミンがローアシアに愛されそうだと気づいて邪魔をしに来たのだ。

しかし、それをどう証明すればよいのか。

呪いについて話せないレミンには、話せる限りの真実を誠心誠意訴えるしかなかった。

「この猫様は、確かに普通の猫ではございません。それは認めますが、誓って悪いことはしていません。精霊の守り――天使の触れた跡を持つ、むしろ正義感のある猫です。邪悪というなら、この猫様を陥《おとし》れようとしている者のことでしょう」

「そうよ！　その子は……悪いことなんて……」

立ち上がってパストを擁護しはじめたシャスカが、立ちくらみでも起こしたのか目の前の机に手をついた。

「何かしら？　頭が……ぼんやりして」

「おいたわしや、姫様。あの悪魔の猫にたぶらかされてお身体を病んでしまわれましたか」

後ろの席に座っていた占い師が、いかにも心配しているようすで声を震わせてシャスカを労る。

「姫様？　……何でしょう……私も気分が……」

シャスカを支えようと立ち上がった侍女頭《がしら》のイベルカも、めまいを起こしたのかよろけながら頭に手をやる。

シャスカの斜め後ろに控えている兵士も、平気なふりをしているが手にした長い槍を杖《つえ》のようにして身体を支えている。

――何だろう？　何かがおかしい。

具合が悪そうなシャスカを、ローアシアも心配したのか声をかける。

「シャスカ？　気分が悪いのなら下がって休め」

「いいえ！　いいえ……猫様……私の猫様、いじめないで……」

ふらつきながらもパストから視線を外さないシャスカに、占い師はさっきまでの哀れっぽい声とは打って変わって、大きく声を張り上げる。

「これもあの不吉な黒猫の仕業！　王に仇《あだ》をなし、姫様にまで呪いをかけるとは恐ろしい。悪魔の手先は早く始末するのがお国のためです。ローアシア様、次期王としてご決断を！」

「そうだ……あの猫が悪い」

「殺してしまいましょう……恐ろしい……」

兵士だけでなく、シャスカと一緒にパストを可愛がっていた侍女までも、パストを邪悪な猫だと恐れ出す。

シャスカの周りの人々の目つきと言動がどんどんおかしくなり、まるで暗示にかかったかのように占い師の言葉に追随しはじめる。

どうしてこんなことになったのかレミンは戸惑うばかりだったが、パストは理由に気づいたようだ。

身体をしならせて素早く走り、勢いよくシャスカの後ろの燭台《しょくだい》に飛びついて倒した。

「姫様！」

「危ない！」

横向きに飛びついたので前にいたシャスカに被害はなかったが、蠟燭《ろうそく》に火がついた燭台を倒すなんて危険きわまりない。

近くにいた兵士の一人がシャスカをかばい、もう一人が床に転がった蠟燭の火を踏み消した。

「このっ、やはり悪魔か！」

火を消した兵士が足元にいたパストに摑みかかったが、ひょいと身をかわしたパストはそのまま身軽に人々の合間を縫って逃げ回る。

「すばしっこい奴め！　捕まえろ！」

「待って！　猫様は怖がっているだけよ。私は大丈夫だから、猫様をいじめるのはおよしなさい」

まだ身体の自由は利かないようだが意識ははっきりしたのか、シャスカは兵士に身体を支えられながらもパストをかばう。

「何か……微かに甘い匂いがしていたの。その蠟燭からだわ」

傍聴席の後ろにあった燭台の蠟燭に、幻覚作用か何か意識を混濁させる薬物が練り込まれていたようだ。火が消えたことで、その効果が切れたのだ。

言動がおかしくなっていた他の者も、頭を振ったり大きく息をついたりして、何やら夢から覚めたように目をぱちくりさせていた。

そんな中、占い師だけが終始変わらず平然としている。

——やっぱりあの占い師は魔女だ。

疑いは確信に変わったが、それを証明する手立てはない。

なすすべもないレミンに、ローアシアは鋭い視線を向ける。

「それも、その猫の指示でおまえがやったのでは？」

一度芽吹いたレミンへの不信は、ローアシアの心に深く根付いてしまったようだ。信じていたからこそ、隠し事をされたことが許せなくて、何もかもを疑ってしまうのだろう。

せっかく溶けかけていたローアシアの氷の心が、再び凍ってしまう。

それだけは避けたくて、レミンは疑いを晴らすのに躍起になる。

「いいえ！　姫君にも誰にも、危害を加えるような真似は絶対にいたしません。それに、猫様の仕業なら自分で火を消したりはしないでしょう」

この蠟燭は、魔女がシャスカに口出しをさせまいと事前に仕込んだのだろう。

パストもそう思ったのだろう。全身の毛を逆立て、占い師の姿をした魔女に向かってシャーッと牙を剝《む》いて唸る。

「猫様！　証拠がない今は堪えてください」

大切なシャスカにおかしな幻覚剤を使われて頭に血が上っていたようだが、レミンのもっともな意見に頭が冷えたようだ。パストはレミンの元へ戻り、その足にもう落ち着いたと言わんばかりに身をすり寄せた。

けれど、その睦《むつ》まじい様子がローアシアの神経を逆なでしたようだ。

「おまえはその悪魔の手先に操られていただけなのだろう？　その猫をこちらに寄越すなら、おまえの罪は許そう」

まるでレミンに猫か自分か、どちらかを選ばせようとしている。意地の悪い選択だが、それを突きつけるローアシアの水色の目が不安に揺れているのがレミンには分かった。

どちらも大切だと冷静に訴える。

「操られてなどおりません。自分の意思で仕えております」

「何故猫になど仕える」

「詳しくは申せませんが、この猫様のおかげで母も私ものたれ死なずにすんだのです。私が生きて今ここにいられるのは、この猫様あればこそ。そのおかげで、ローアシア様にもお会いすることができました」

嘘偽りなく、真《ま》っ直《す》ぐにローアシアだけを見て告白する。

周りに誰がいようとみんなに聞かれようと、どうでもよかった。

弓を射るときのように、目標物以外何も見えない。

愛する人の心を射止めるため、レミンはただローアシアだけを見つめていた。

「猫様は私のこれまでのすべて。これからは、ローアシア様のために生きると誓います。私は、誰よりも何よりも――あなたを愛しています」

「形もなく目にも見えない『愛』などというものを、私は信じない。言葉でなんぞ、どうとでも言える。行動で見せてみろ」

それまで信じていた愛情がすべて嘘だったと、たった十歳で思い知らされたローアシアの心には言葉だけでは届かないようだ。

愛しているなら証《あかし》を見せろ、というローアシアのためなら何でもしたいが、何をすればいいのか。

「行動、でございますか……」

「私のために、その悪魔つきの猫を殺せ」

「それだけはできません！」

「そうよ！　そんなことをしたら許しませんよ！」

逡巡《しゅんじゅん》なく答えたレミンに、後ろからシャスカも同調する。

これまで自分の味方をしてくれていた二人に反発されて、ローアシアは怒りより悲しみの表情で顔をゆがめる。

「やはり、その猫の方が大切か」

この世のすべてに絶望したかのような声と、うつろな表情に胸が張り裂けそうに痛む。

ローアシアの心を癒やすためなら、どんなことでもできる。

――この愛しい人のためならば、大切なものを捧げてもいい。

覚悟を決めたレミンは、ローアシアの前に自分から歩み寄り、両膝をついた。

「あなたの愛を得るためならば、私はどんなことでもいたします」

「それならば――」

何故猫を殺さないのか。ローアシアが問う前に、レミンから問う。

「命を一つ、捧げれば……私を愛してくださいますか?」

「ああ。その大切な猫よりも私を選ぶというのなら、愛してやろう」

ローアシアは自虐に歪《ゆが》んだ笑みを見せる。愛する人に、そんな顔をさせてしまったのが辛い。

早く誤解を解いて、苦しみから解き放ってさしあげたい。

「それならば、ローアシア様の短剣をお貸しください。あなたの刃《やいば》でなければ嫌です」

「よかろう」

レミンは緊張して小刻みに震える手で、今は凍ったように冷たいローアシアの水色の目をしっかりと見据えながら、その手から短剣を受けとった。

金属でできた短剣の柄《つか》の冷たさを感じぬほど、指先が冷えている。

細く鋭い短剣を斧《おの》ほどに重く感じたが、落とさないよう、くじけないよう、しっかりとローアシアの短剣を握りしめる。

「猫様……」

短剣を手にパストの前に立つと、パストは緑の瞳でじっと見上げてくる。

懐かしい故郷の森の緑。こんなにも美しい色を、もう二度と見られなくなるなんて。

寂しさに心がちぎれそうになるけれど、やらなければ。

「兄様！　やめさせて！　猫様を殺せば、私は……私は一生あなたを許さない！」

「ああ、いけません、姫様」

まだおぼつかない足でパストを助けに行こうとするシャスカを、まだ占い師のふりをしている魔女が止める。

きっとフードの下の顔はにたにたと笑っているのだろうと思うと腹立たしかったが、最後に負けるのは魔女だと思えば振り切れた。

「猫様！　逃げて！」

「ナァン」

さけぶシャスカに、パストは恋人に語りかけるように優しく鳴いて、緑色の瞳でシャスカを見つめる。

その眼差しと態度には、覚悟を決めた穏やかさと威厳すら感じられた。

自分ではどうにもできないと悟ったシャスカはぽろぽろと涙をこぼし、膝から崩れ落ちるように倒れそうになったが、横からイベルカと他の侍女に支えられて何とか持ちこたえた。

シャスカが落ち着いたのを確認すると、パストは覚悟を決めたようにレミンと向き合う。

そんなパストの前にひざまずき、レミンは恭《うやうや》しく頭《こうべ》を垂れた。

「あなたに永久の忠誠を」

「なっ！」

裏切りともとれるレミンの言葉に、ローアシアは驚きに目を見開いて腰を浮かせた。

そんなローアシアの方に向き直り、レミンは唇の端を上げて何とか微笑みのような表情を作ってみせる。

「シア様。あなたには、私の愛を捧げます！」

レミンは両手で握った短剣を高く掲げ、自分の腹に突き立てた。

そのまま前のめりになり、愛の証のように大切に深くローアシアの短剣を抱え込めば、細く鋭い切っ先《きさき》は難なくレミンの身体に飲み込まれる。

ほんの一瞬感じた冷たさは、すぐに焼け付くほどの熱さに変わった。柄を握りしめた手にはぬるりとした温かさがあって、血が流れ出ていると感じた。

「あっ……ぐうっ！」

「レミン！」

おまえ、ではなく「レミン」と、自分の名を叫ぶローアシアの声が聞こえる。

――この声を、ずっと聞いていたかったな。

けれど、こうするしかなかった。

ローアシアが人を愛する心を取り戻すことができるのなら何でもしたいが、パストの命を奪うことなどできない。

ローアシアの愛を得られないまま生きていくこともできない。

だから自分の命をひとつ、捧げることを選んだ。

ローアシアの愛を得るためならば命も投げ出す。それほどまでに愛していると信じてほしい。そして一瞬でもいいから、愛していると言ってほしい。

――ただ一言、愛していると、言ってください。

今は、それだけが望み。

誰かを愛する心を取り戻せたローアシアなら、きっと似合いの姫君が見つかる。

立派な王となったローアシアは見たいが、后を迎えるローアシアは見たくない。

だから自分勝手だと誹《そし》られても、これはそう悪い決断ではないと思えた。

「レミン！　なんてことを……なんてことをした！」

「く！　ぐっ……」

肩を摑まれ身体を起こされると、腹に感じていた熱は激痛へと変わった。

ローアシアが触れてくれていると分かるのに、痛みに戦慄くばかりの唇からは声が出ない。

せめて最後に愛しい人の顔を見たいのに、あふれる涙で霞《かす》んでよく見えない。そのうちに、瞼《まぶた》が重くて目を開ける力すら失われていく。

──私は本当に、泣き虫だな。

「意外と泣き虫なのだな」と、以前にローアシアに言われた言葉が蘇る。

ローアシアには泣き顔も苦痛で歪む顔も見せたくはないのに、微笑むことができないことが悲しかった。

「レミン！　おまえを愛している！　おまえ以外は何もいらない！　だから、目を開けろ。開けてくれ、頼む！　お願いだ」

「……あ……い……」

「愛している！　愛しているから……私をおいていくな」

──ああ、嬉しい。

どんな財宝より名誉よりほしかった言葉に、痛みも苦しみも溶けるように消えていく。まるで春を迎えたような心持ちで、微笑めるものなら微笑みたかったけれど、そんな力も残っ

てはいなかった。

「医師を呼べ！　早く！」

光に包まれたように温かいのに、周りはどんどん暗くなっていく。医師を呼ぶローアシアの声も遠くなる。

——どうか、パスト様が元の王子の姿に戻れますように。

「レミン！　戻れた！　元に——」

聞き慣れたパストの声が微かに聞こえ、人間に戻れたのだと知れた。

一目、元の姿が見たかったけれど、それも叶わないのか瞼を持ち上げることができず、声も聞こえなくなる。

熱さも痛みも薄れていき、光ももう、感じない。

けれども何より、自分を抱きしめてくれているローアシアの温もりを感じなくなるのが寂しかった。

——パスト様とローアシア様が、幸せになられますように。

ただ大切な人たちの幸せを祈りながら、レミンの意識は暗闇に落ちていった。

ローアシアの血を吐くようなレミンへの愛の告白と同時に、光に包まれて黒猫が消え、代わりのように現れた美しい青年に大広間の誰もが言葉を失い息をのむ。

パストはそんな周りに目もくれず、ローアシアに抱かれたレミンの元へかけより膝をついて顔をのぞき込む。

「レミン！　戻れた！　元に戻れたぞ！　おまえのおかげだ。目を開けて俺を見ろ！」

パストの呼びかけに瞼が微かに揺れたように思うが、レミンが目を開くことはなく、床の血だまりはゆっくりとだが確実に広がっていく。

ローアシアが傷口を押さえてはいるが、腹に刺さった短剣を抜けば一気に血が噴き出すはず。けれど短剣を刺したままでは治療はできない。

どんどんと死の影が濃くなっていくレミンをかき抱き、「愛してる」と繰り返すローアシアに背を向け、パストは唇を噛みしめて立ち上がった。

嵐のように次々と襲いかかる衝撃的な出来事に翻弄されつつも、気丈に立っていたシャスカの目をじっと見つめて名乗りを上げる。

「私の名は、パスト・デモル・レア・リモー。リモー国の王エルトと森の民ルーアの三番目の息子です」

「パスト王子様？」

シャスカは問うように名前を呼んだが、パストの言葉を疑ってはいないようだった。

パストの出で立ちは猫にされたときのまま、白のサーコートに黒のタイツと簡素な服装だったが、それでも堂々として威厳を感じさせる態度は王子のそれだ。

そして何より目を見張るほどの美貌《びぼう》に、その場にいた女性のみならず男達もボウッとなって口々にその美しさを称賛する。

「なんてお美しい……。噂で聞いていたとおり」

「いいえ。噂より肖像画より、ずっとずっと気品があって麗《うるわ》しい」

「確かに、私がリモー国で拝見したパスト王子様にそっくりです……」

使者としてリモー国の城を訪ねたことがあるという高官の言葉もあって、誰もが猫から人間の姿に変わった青年をリモー国のパスト王子と信じた。

パストはつかつかとシャスカの前へ進み出て、隣に立っている占い師に化けた魔女から守るべくその腕を掴んで引き寄せる。

「シャスカ姫、ご無礼を！　その魔女は危険です。離れてください」

「え？　魔女？」

「私はただの占い婆《ばば》で――」

魔女なんて滅相もない、と曲がった腰をさらに曲げてひ弱に見せる魔女に、パストはあでやかに微笑みかける。

「マタタビの匂いに惑わされていたが、今なら分かる。おまえは私を猫にした魔女と同じまがまがしい匂いがするよ、おばあさん」

「く……このっ、猫よりも生意気な王子め！」

「パスト王子様が、どうして猫に？」

動揺しつつも持ち前の好奇心で訊ねてくるシャスカに、パストは魔女を警戒しつつ説明する。

「魔女の求愛を断ったところ、腹いせに私を猫の姿に変えたのです。レミンは、私にかけられたその呪いを解くために……」

ローアシアの腕の中で、今まさに命の火が消えかかっている忠実な従者であり大切な乳兄弟に、パストは悲痛な眼差しを向ける。

そんなパストを余所《よそ》に、シャスカはさっきまで涙に濡れていた瞳をキラキラと輝かせる。

「本物の魔女だとしたら、すごいわ！」

「シャスカ姫？」

この場にふさわしくないはしゃいだ声に、パストだけでなくその場にいる全員があっけにとられたが、シャスカは無邪気に占い師に化けた魔女に話しかける。

「本物の魔女なら『魔女の水晶』を持っているのでしょう？　私、一度見てみたかったの。見せてちょうだい」

「シャスカ姫！　今はそんな場合では――」

「少し見るだけですわ、パスト様」

「……姫君のお望みとあらば」

目を細めてじっと自分を見つめるシャスカとひととき見つめ合い、シャスカの頼みなら聞かざるを得ないと諦《あきら》めたのかパストは引き下がった。

好奇心に突き動かされているのか、シャスカは周りの状況に頓着《とんちゃく》せず珍しい水晶を見たがる。

「ねえ、魔女の水晶は見せてはいけないものではないのでしょう？」

「そういう掟《おきて》はございませんが……」

さすがの魔女にもこの展開は予測できなかったようで、好奇心のままに無邪気に珍しいものを見たがるシャスカに、ぐいぐいと押されていく。

「だったら見せてちょうだい。見せてくれたら、同じだけの重さの宝石をあげるわ」

「宝石を？」

「お父様からいただいたものや、お母様から継いだ宝石ならたくさんあるもの。貴重な『魔女の水晶』が見られるのなら、十個や二十個手放しても惜しくはないわ。さあ、見せてちょうだい。あなたが本物の魔女なら、持っているはずよね？」

「そこまでおっしゃるのでしたら」

報酬と挑発的なシャスカの言葉に乗せられて、見せるくらいならと魔女は長い袖の袂《たもと》から天鵞絨《ビロード》にくるんだ水晶玉を取り出した。

天鵞絨から現れた片手に乗るほどの魔女の水晶玉は、占い師が使う水晶玉とまるで同じに見えたが、シャスカは大喜びで誉《ほ》めそやす。

「まあ、きれい！　あなたは本物の魔女なのね。すごいわ！　もっとよく見えるよう、光にかざしてみてちょうだい」

シャスカの称賛に気をよくし、窓から差し込む光に水晶をかざそうとした魔女の手から、シャスカは素早く水晶玉を奪い取った。

「ああっ！　何をするっ！」

驚いた魔女が取り返すより前に、シャスカは手にした水晶を力一杯石の床にたたきつけた。

「ヒイィィイィッ！」

ガシャンという水晶が砕ける音に、魔女のつんざくような悲鳴が重なる。

そんな耳を塞ぎたくなる音の中、シャスカの澄んだ声が響く。

「水晶よ！　おまえの力でレミン・マリソの消えかけた命を呼び戻して！」

「なんてことを！　ああっ、おおお……なんてこと、なんてことをーっ！」

砕けた水晶からふわりと浮かび上がった光は、這いつくばって水晶のかけらを集める魔女の手をすり抜け、シャスカの言葉に従うかのようにレミンの方に向かって飛んでいく。

その光を追って、シャスカとパストもレミンの元へ駆けよる。

周りの騒動などどうでもよいとばかりにレミンだけを見つめていたローアシアの目の前で、光がレミンの腹に刺さっていた短剣を包み込むようにして眩《まばゆ》く輝く。

「これは……」

レミンに害をなすものではと一瞬は警戒したローアシアだったが、その光の温かさに目を細めてじっと見入る。

短剣を包んだ光が消えたとき、短剣もそこにはなかった。

「な……どうなっている……」

「兄様！　レミンの傷はどう？」

シャスカの言葉に、ローアシアがぐっしょりと血で濡れた服をめくってみると、レミンの白い肌に傷はなく血も流れてはいなかった。

「傷が……ない……。レミン！」

「シャスカ姫？　これはいったい……」

シャスカがただの好奇心でこの非常時に「魔女の水晶が見たい」なんてのんきなことを言うはずがないと確信したので話を合わせたパストだったが、この成り行きはまったく理解できなかったようだ。

説明を求める二人に、シャスカは得意げに微笑む。

「『魔女の水晶』を破壊すれば、解放されたその力で願い事を一つだけ叶えることができると聞いたことがあったの」

「さすがは博学のシャスカ姫。心から感謝いたします。レミン！　目を開けて私を見ろ。元の王子に戻った私を」

「レミン、レミン……」

傷は消えたが、流れた血は戻らなかったようで、レミンの顔は青ざめ身体は冷たかった。待ち望んだ人間に戻ったパストの声にもローアシアの呼びかけにも反応を示さず、その瞼は固く閉ざされたまま。

「私の太陽……おまえなくして明日はこない。目を開けてくれ」

ローアシアはレミンの冷えた身体を抱きしめ、冷たい頬に頬ずりする。

ようやくやってきた禿頭《とくとう》の医師は、レミンの身体を診察しようにも傷自体がないので、床に流れた血を見て「悪いものはすべて流れ出たので心配ございません」などと役にも立たないことを言った。だが、湯を用意させていたことだけは評価できた。

医師の助手が運んできたその湯を桶《おけ》に入れ、レミンの足をつけて温める。

その間に、その場で一番落ち着いていたシャスカが場を仕切り出す。

「さあ、この罪深い魔女はどうしましょう？　ああ、『元魔女』ですわね」

水晶玉を壊された魔女は、髪を振り乱し一心不乱にその欠片《かけら》を拾い集めていた。

その手は、占い師に化けていたときよりもさらに年老いて見える。ひからびたような肌に刻まれた深いしわとぼさぼさの白髪から、相当な年齢の老婆《ろうば》と思われた。

「力の源の水晶玉をなくして、本来の年齢に戻ったのね」

「もう、ただの老婆ということですか。しかしこれまで魔力で好き勝手してきたのです。縛り首にしてやりたいところですが、もはやひからびた老婆の首に縄をかけるのも後味が悪い」

「存在が目障りだ。この国から放り出せ！　二度とレミンの目に触れさせるな」

水晶の欠片を探して地面に這いつくばるばかりの老婆を見て思案するシャスカとパストに、ローアシアはさっさと追放しろと切り捨てた。

ローアシアはレミンが目覚めたときに嫌な思いをしないようにと、それしか考えていなかった。

ローアシアの命令により、パスト王子を猫に変えジエムート王に怪我を負わせた大罪人の老婆は、ベアリス国と敵対する隣国との国境の森に追放されることになった。

水晶の魔力をなくし、ただの老婆となった元魔女では、せいぜい森で薬草でも探して生きていくしかないだろうが、多くの人の人生を弄んだ報いにしては寛大な沙汰だった。

もはや逆らう術もない元魔女の老婆は、兵士に拘束されて護送の馬車に放り込まれた。

それですっかり魔女のことなどどうでもよくなったローアシアは、未だ目覚めぬレミンを自室のベッドに連れて行って寝かせた。

レミンの顔色はまだ血の気がなく青ざめてはいたが、もう苦痛は感じていないようで表情は穏やかになっていた。

「レミン……。おまえの太陽の瞳を早く見せてくれ」

レミンが目覚めれば、レミンを愛していると認めたローアシアと、元の王子の姿に戻ったパストを見てどれほど喜ぶことだろう。

ローアシアだけでなくパストもシャスカも、レミンが目を覚ますのを楽しみに待った。

◆

押さえ付けられているかのように重い瞼を、苦労してゆっくり持ち上げる。

視界に入るのは重厚な天蓋のついたベッドに大きな暖炉、とまるで王様の寝室のよう。

そして、じっと自分を見つめて喜びに目を輝かせている王様のように立派な青年の存在に、レミンは驚いて目を瞬《しばたた》かせた。

「レミン！　目が覚めたか！　よかった……本当に……よかった」

椅子から身を乗り出した青年は、歓喜のあまり泣き出しそうなほどで、レミンはその勢いに戸惑う。

青年の後ろ、暖炉近くの椅子に控えていた侍女は「皆様にお知らせしなければ！」とスカートの裾を翻してバタバタと慌ただしく部屋を駆け出して行く。

いったいこれは何の騒ぎだろう。

「……あ、あの？」

「傷はふさがったが、どこか痛むか？」

「傷？　傷……で、ございますか……」

「大丈夫か？　レミン？」

身に覚えのない怪我の心配をされ、何のことかと考え込むレミンにおでこがくっつきそうなほど顔を寄せ、青年は愛しげにレミンの頬をなでる。

困惑と恥ずかしさとで顔が熱くなり、目の前がちかちかとして目を開けているのも辛くなる。けれどがんばって目を開けて見ていたいほど、目の前の青年は美しく優しげだ。

——まるで氷神のようにお美しい。

第一印象では銀の髪と水色の目から氷を連想したけれど、その眼差しは温かくて春の湖のようだと思い直す。

「あの、ここは……」

「私の部屋だ。あの後、ここに運んだ」

あの後とは何だろう？　初めて会った相手に見知った間柄のように親しく呼ばれる、この状況はどういうことか。

起き上がろうにも、枷《かせ》でもつけられたかのように手足も胴体も重くてどうにもならず、レミンは不作法とは思ったが横になったまま目の前の身分ありげな青年に問いかける。

「……あなた様は、どちらの騎士様でございましょう？」

「レミン？　何を言っている？　……やはり、おまえを試した私を怒っているのか？」

「いえ、その……」

「レミン！」

身に覚えのない話をされて困惑していると、部屋の扉が勢いよく開いてパストが飛び込んできた。

「パスト様！」

ようやく見知った人に会えて、レミンは安堵に頬を緩ませた。

リモー国のものとは少し違う胸元に刺繍の入った異国の服を着たパストは、何故だかひどく興奮していて、ベッドの脇に膝をついて青年と同じようにレミンの怪我の心配をする。

「傷は消えても目を覚まさないから心配したぞ」

「あの、傷とは？　私は怪我をしたのですか？」

その割には、身体は重だるいが特に痛む箇所はない。不思議に思って訊ねると、さらに不思議なことを言われる。

「ああ、死んだと思ったか。安心しろ。ここは天国じゃなく——いや、これから天国になるのかな？」

意味ありげににやにやと横の青年を見やるパストに、青年は少し気まずげにけれど微かに嬉しげに口角を上げた。

はにかんだ笑顔も美しい、と見とれそうになるこの青年の名前が知りたいと思った。

「パスト様。こちらのお方はどなたでしょう？　ご紹介をいただけますか？」

「レミン？　えっと、おまえ……恋人の顔が分からないのか？」

「え？　……ええっ！　こ、恋人？」

冗談だよな？　と顔を引きつらせるパストの言葉に、レミンはそれ以上の驚きで目を見開き、レミンの恋人と言われた青年は愕然とした表情でレミンを凝視した。


パストのことは問題なく認識できるのに、恋人だというローアシアと、さらに後から駆けつけたシャスカという姫君のこともまったく見覚えがないというレミンに、診察にやって来た禿頭の医師は難しい顔をした。

「大きな怪我や衝撃を受けると一時的に混乱して記憶をなくすことがある、と物の本で読んだことがございます」

「そんな……。それで、いつになったら記憶が戻るんだ！」

「そこまでは分かりかねます。はっきりとした日にちまでは書いてございませんでしたので」

書物によれば、記憶が戻るのは一日先か、一月先か——一生戻らないこともありえるという。

『記憶がない』と言われても、ないのはここベアリス国での記憶だけで、リモー国にいた頃のことは覚えているレミンにはピンとこなかった。

「最後に覚えていることは何だ？」

パストからの問いかけに記憶をたどれば、自分は昨夜、城内に姿が見えないパストを捜していたはずだった。

「パスト様は城内におられなかったので、城壁の外かと考えて……それから……？」

「俺が猫になる前……そこから先がすっぽりなくなってるのか」

「猫に？　何の話でしょう？」

首をかしげるレミンに、パストとローアシアが話してくれたのは荒唐無稽な話だった。

魔女に呪われて猫になったパストと共に楽師に化けてベアリス国へ潜入し、レミンは呪いを解くため王子と恋仲になった。その間にパストも姫と恋に落ち、二人は婚約をしたという。

そんな夢物語を信じろという方が無理だ。

もっとも信じられなかったのは、こんなにも美しい王子、ローアシアが自分を愛しているということだった。

自分はローアシアへの愛の証に命を捧げようとして腹部に重傷を負ったと聞くが、服をめくってみても腹には傷跡一つない。しかし出血がひどくて五日間も目覚めなかった、というのは少し納得がいった。

「確かに、瀉血《しゃけつ》をした時のようなくらくらとした感じがあります」

体調不良の際に静脈を切って悪い血を体外に出す『瀉血』をした後は、身体がだる重くて世界が薄暗く感じる。今はそれの何倍かひどい状態のようだ。

いろんな話をいっぺんに聞いたことで、頭も混乱していた。そんなレミンの疲れた様子を見て、ローアシアが今日はもうここまでにしようと話を切り上げた。

「ゆっくり休め」

他の者がみな退出した部屋で、最後に残ったローアシアがレミンの肩まで布団を掛けてくれた。

「ありがとうございます。ですが、ここはあなた様の――」

「シアと呼んでくれ」

「え?」

「前は、シアと呼んでくれていた」

王子を愛称で呼ぶなど恐れ多いと尻込みしたが、そう呼んでほしいと懇願するローアシアの切なげな表情は、こちらの胸まで痛くなるほど。こんなことで喜んでもらえるならと、レミンは言われたとおりに呼んでみた。

「シア様、でございますか」

「ああ! そうだ」

たった一言、名前を呼ばれただけで輝くような笑顔を浮かべるローアシアが眩しくて、目を細めてしまう。

さらにシアと呼んだ自分の心もほんわりと温かくなった気がして、彼をシアと呼んでいた時の自分は幸せだったのだろう、と何だか自分のことのはずなのにうらやましく思えた。

「それで……ここはシア様のお部屋でございますよね？　シア様はどちらでお休みに？」

「私は以前の自室で休むから心配いらない」

「何故、私と一緒にお休みになられないのですか？」

恋人同士だったのなら一緒に寝てもおかしくはないというより、当然そうだろうと思ったが、だからこそ駄目なのだとローアシアは切なげに笑う。

「私と、このベッドでどう過ごしたか、覚えているか？」

「え？　それは……えー……」

まったく覚えていないはずだが、思い出そうとすると顔が火照る。心臓も急に存在感を示すようにドキドキし出して、胸を押さえてしまう。

困惑の表情を浮かべるレミンに、ローアシアは無理をするなと言ってくれた。

「思い出せたら、また一緒に眠ろう」

「シア様……」

「レミン」

見つめ合うと、ローアシアは引き寄せられるようにベッドに近づいてくる。

身をかがめ、接吻をしてくれるのかと思えば、軽く髪を梳いてくれただけだった。

「お休み、レミン」

「……はい。お休みなさいませ。シア様」

何度も振り返り名残惜《なごり》しげにローアシアが退室すると、大切なものが欠けた気分で落ち着かなくなる。

この部屋にローアシアがいないことに違和感があって、寂しい。

その寂しさを紛らわすように、ローアシアが触れた髪に自分でも触れてみたが、彼に触れられたときのような心地よさは感じない。

記憶として覚えはないのに、身体は彼の指を覚えていた。自分もローアシアのあの銀色の髪に当然触れたことがあるはずだと感じるのに、その時のことは思い出せないのが歯がゆい。

「触れたら、きっと気持ちがいいんだろうな」

もっと触れられたいし、自分でも触れたい。

自分があの美しいローアシアの恋人だなんて信じられないばかりだったが、このどうしようもなくわき上がってくる気持ちは、確かに自分の中にあったもの。

「どうして思い出せないんだろう?」

それ以前に、何故忘れたのか。自問しても答えは出てこなかった。

翌朝になっても、なまったレミンの身体はなかなか思うように動いてくれなかった。

しかしローアシアが鍛錬や仕事の合間を縫って、レミンを散歩に連れ出してくれた。

ローアシアは、王子でありながら人目もはばからずまだ足元がおぼつかないレミンの肩を抱き、階段は抱き上げて移動させた。

そうして厩舎でローアシアの馬や自分が貸与されていたというシャスカの馬にニンジンをやったり、中庭の東屋《あずまや》でリモー国のお茶を飲んだりと穏やかな時間を過ごした。

その中で、レミンは自分が眠っていた間の出来事を教えてもらった。

猫から人に戻れたことで、パストはレミンが目覚めたら一旦リモー国に帰ろうと思うと提案したが、シャスカがパストをローアシアがレミンを離したがらず、ひとまず手紙を出してパストの無事と、ことの顚末《てんまつ》を国に知らせることにした。

パストは魔女の呪いで猫にされていたが、無事に人間に戻れてベアリス国の姫と結婚することになった。なんて簡単には信じられない話だが、手紙と共にベアリス国の高官が使者としてリモー国に派遣されたので信じてもらえるだろうということだった。

「パスト様がご結婚されるとは、おめでたいことです」

「ああ。あのじゃじゃ馬姫と結婚をしてくれる王子がこの世にいたとは、信じられない僥《ぎょう》倖《こう》だ」

レミンにとっては青天の霹靂《へきれき》の話だったが、シャスカとパストはもうずっと一緒にいたかのように仲睦まじく、語り合う二人は比翼の鳥のようだ。

博識で慈悲深いシャスカは、一つだけ願いを叶えてくれる水晶で、自分の願いを叶えるのではなくレミンの命を助けてくれたという。

そんな命の恩人がパストと結婚をするのなら、二人に誠心誠意お仕えしなければと思ったのだが、パストからもシャスカからも「そんなことをされたらローアシアに呪い殺される」と異口同音に辞退され、レミンはずっとローアシアの側に置かれることになった。

その後、パストからの手紙を受け取ったリモー国からは、使者として第二王子のアドットがベアリス国を訪れ、弟との再会を喜んだ。

二国間で話し合った末、パストとシャスカの婚礼の儀は、諸々《もろもろ》の準備期間が必要なため半年後に執り行われることになった。

シャスカは明日にでも結婚したいと息巻いていたが、イベルカに花嫁衣装のレースを編んでいれば半年などすぐだと諭され、レースを編むなら半年では足りないかもと早速取りかかった。

ベアリスほどの大国の姫の元に、小国であるリモーの第三王子が婿入りするなど前代未聞。国の内外から反発の声が上がることが予想された。

そこでローアシアとシャスカは一計を案じ、パストを『ベアリス国転覆を謀《たばか》りジエムート王を亡き者にしようとした魔女を打ち負かした英雄』に仕立て上げることにした。

魔女の企みを阻止したことを祝して大々的な祝賀会を開き、吟遊詩人を呼び集めた。

そこで、パスト王子は邪悪な魔女に猫の姿に変えられても、忠実な従者と共に魔女を追ってベアリス国へ乗り込み、聡明《そうめい》なシャスカ姫の助力を得て見事に魔女を打ち負かし、ベアリス国を守って元の姿を取り戻した――と、壮大で愛にあふれた物語を吟遊詩人達に作らせた。

　これではローアシアはいいとこなしだが、義理堅いローアシア王子は国を救ったパスト王子に深く感謝し、自分は王位を継がずシャスカ姫とパスト王子を結婚させて二人の間に生まれた子供を王にすると決めた、と器の大きさを見せた。

　それでも国民の中には小国出身の王子を歓迎しない向きもあったが、祝賀会の一環で城下町をパストとシャスカが馬に乗ってパレードをおこなうと、状況は一変した。

　国一番の美男であるローアシアと比べても遜色《そんしょく》のない美貌を持つパストと、パストを見て頬を染める初々《ういうい》しくも愛らしいシャスカは似合いの二人として熱狂的な支持を受け、結婚支持派が大多数となった。

　レミンも、主が猫になっても仕え続け命まで捧げようとした従者の鑑ともてはやされたが、まったく記憶がないレミンは居心地の悪い思いをしただけだった。

　けれども、もっとも居心地が悪いのはローアシアと二人きりになったときだ。

　ローアシアは常にレミンを気遣い、よくしてくれる。だが気を使われすぎるせいか、ローアシアといると何もしていなくても胸がどきどきして頬が火照って心配されたりした。

　その日も、ローアシアはレミンのために見舞いの品として、爽やかな水色の花を部屋いっぱいに飾らせた。

怪我をしたとされる日からもう一ヵ月近く経ち、レミンの体調はすっかり元に戻っていたが、記憶は戻らなかった。それを案じてかローアシアはいつまで経ってもレミンを気遣い、下にもおかぬ扱いだった。

「レミンはコスという花が好きなのだろう？」

本当はコスの花がよかったのだがベアリス国には咲いていないので、似た花を取り寄せたそうだ。

「よくご存じですね。パスト様からお聞きに？」

「いや。おまえから聞いた」

「さようでございましたか……」

そう聞かされても、いつどんな状況でその話をしたのか思い浮かばない。せっかく用意してくれたのに思い出せなくて、申し訳ない気分になる。

可憐な花びらの水色の花は、形は違うがコスの花に負けず劣らず可愛い花だった。

しかし爽やかな水色は、今はコスの花よりローアシアの瞳を思わせる。

レミンが好きだと言ったから似た花を用意してくれるローアシアに自分は愛されているし、水色の花に彼の瞳を思い起こす自分もまたローアシアを愛していたのだろうと思えて、頬が熱くなってくる。

赤くなっているだろう頬を見られたくなくて、匂いを嗅いでいるふりをして花に顔を埋めた。

「おまえはいつもヒバリのように懸命に、いろいろな話をして私を楽しませてくれた。草原を埋め尽くすコスの花に、夕暮れに染まるアレンカの花。霧《きり》深いミプル山——。レミンといると、まるで自分がリモー国に行ったような気分になれた」

「いつか、シア様と一緒に行ってみたいです。きっとシア様もお気に召されますよ」

「思い出したのか？　レミン！」

「え？　な、何がでございますか？」

ふいに強く肩を摑んで向き合わされ、その勢いに面食らう。ぱちくりと目を瞬かせるレミンにローアシアは真剣な表情を崩さない。

「以前にも、コスの花咲く平原を私が気に入るだろうと」

「そう言ったのですか……」

言ったことは覚えていないが、今そう思った。以前の、ローアシアに愛された自分が今の自分と同じのように思えて、胸の奥が熱くなる。

きっとこの辺りに記憶が隠れているのだ。

早く出てくればいいのに。そうすればローアシアは同じベッドで眠って、愛してくれる。

——私は、シア様に愛されたいんだ。

愛されているのに、愛されない。不安になったレミンは、この国で唯一《ゆいいつ》相談できるパストを頼ることにした。

パストはシャスカと結婚しても王位には就かないが、いずれは『王か女王の父』になる。

そのためベアリス国の法律や習慣を学ばねばならず、多忙を極めていた。

それでも時折、レミンのために時間を作って部屋を訪ねてくれた。

「やっぱりレミンが淹れてくれるお茶は美味《うま》いな」

レミンが淹れたリモー国のお茶を飲んで、パストはほっとしたように肩の力を抜く。

人に仕えられるより仕える方が性に合っているレミンの方も、久しぶりに従者らしい仕事ができて気持ちが和らぐ。

和やかな雰囲気の中、気心の知れたパストにレミンは相談を持ちかけた。

「私は本当にローアシア様に愛されていたのでしょうか？」

「どうした今更。毎日人目もはばからず睦み合ってて何を言ってる」

「睦みって……何もされておりません」

「うん？」

「ですから、ローアシア様は私の手や肩にはお触れになりますが、接吻などはなさらないのです」

「あー……そういう。俺、おまえとこういう話をするの苦手って言わなかったか？」

「覚えがございません」

そうだった、とレミンの記憶が欠けていると思い出したパストは、諦めてレミンの恋愛相談に乗ることにした。

レミンがローアシアに愛されているかを疑った理由は、閨事《ねやごと》がないからだった。最初はレミンが怪我をして体調を崩していたからだと思っていたが、元気になった今でも接吻すらしてくれない。

「恋人として触れ合えば、思い出せることもあるかと思うのですが……」

「あいつ――いや、ローアシア兄上は、自分を愛した記憶をなくしている相手と寝るのは、誠実じゃないと思ってるんだろ。あの人、結構真面目で、おまえに似合いだ」

「そうでしょうか……」

記憶が戻れば愛してもらえる。それならばいいのだけれどと表情を曇らせるレミンに、パストはいらぬ心配だと笑いかける。

「ローアシア兄上は、おまえを何より誰より愛してる。だから俺に『王位を譲るからレミンをほしい』って交渉してきたんだ」

「ええっ？」

レミンはローアシアに愛を誓う前に、パストに『永久の忠誠』を誓ったそうだ。しかしローアシアはレミンのすべてがほしくて、レミンの主であるパストに王位を差し出してレミンを乞うたのだ。

「そんな……私のために、王位を？」

「次期王のままで男のレミンを恋人にするのは、お世継ぎの問題で難しい。だから子供ができなくても問題のない立場になりたかったんだろうな」

「ですが……そこまでするほど愛してくださっているなら、どうして……」

「それはもう、本人に聞いた方が早い。噂をすれば、だ」

噂をすれば影がさすと言うが、ちょうどローアシアがやって来たようだ。

入って来たローアシアと入れ違いにパストは帰ろうとしたが、出て行きざまにローアシアの肩に手を置いて耳元で何事か囁き、ローアシアはその言葉に苦笑いしてパストの後ろ姿を見送った。

「人に戻っても気の利く方だ」

なにやら以前にも似たようなことがあったのだろうか。ローアシアとパストの間に自分の知らない時間が流れたことに、置き去りにされたような寂しさを感じた。

「レミン……」

何となく寂しがっていると気づいたのか、ローアシアはいつもよりさらに優しい声で呼びかけ、そっと抱きしめてくれた。

「あの――え？」

勇気を出して愛してくれない理由を聞こうと、ローアシアの腕の中で顔を上げたが、その唇を唇で塞がれた。

――シア様が、接吻をしてくださった。

待ち望んでいたことだがあまりに突然過ぎて、ただ呆然とローアシアの肉感的で張りのある唇を感じていると、唇を離したローアシアは苦笑いを浮かべる。

「やはり、目を閉じないのだな」

「目を閉じては、シア様のお顔が見えなくなってしまいます」

驚いて目をつぶる間もなかったからというのもあるが、見ていたかった。

しかしどうしてこれまでしてくれなかった接吻を突然してくれたのか。視線で問うレミンにローアシアは照れた笑いを浮かべる。

「賢弟に叱られた。『大事な乳兄弟を寂しがらせるなら返せ』とね」

そう言って、パストは先ほどローアシアをけしかけたのだ。

しかしそれで覚悟が決まった、とレミンと並んで長椅子に腰掛け、ローアシアはこれまでの自分ことを話しはじめた。

「私は子供の頃、自分は愛されていると何の疑いもなく信じ、私も皆を愛していた。けれどそれは間違いだった。みんな王位継承者である私に気に入られたくて媚《こ》びへつらっていただけだったのだ」

レミンはそんなことはないだろうと否定したが、ローアシアはそうだったんだと寂しく笑う。

「それから私は、愛した者を失いたくなくて、誰も愛さなくなった。レミンのことも、なかなか愛していると認めることができず、ただの従者だと思い込もうとしたんだ」

初めから、持っていなければなくさない。

そんなローアシアの心が痛いほど分かって、実際にレミンの胸はずきずきと痛み出す。

「どうした？　レミン」

胸を押さえて眉根を寄せるレミンの肩を抱き、ローアシアは心配げに顔をのぞき込んでくる。

ベッドで横になるよう促されたが、レミンはそのまま淡々と話し出す。

「……私もで、ございます」

「何がだ？」

「失いたくなくて……なかったことにしようとした……」

何の話だといぶかるローアシアに、レミンは心に浮かぶことをそのまま何も飾らず言葉にする。

「シア様が人を愛する心を取り戻されたら、きっとどこかの高貴な姫君を娶られる。そんな未来を見るのが怖くて、何もかもなかったことにしようとした……」

失うくらいなら、出会ったことすら忘れてしまいたかった。

無意識のうちに、何もなかったことにして自分の心を守ろうとしたのだ。

「愛しているから、失うことが……怖くて。だから……だから私は……」

記憶を胸の中に封印し、ローアシアと出会う前の自分に戻った。

「レミン。私がおまえを手放すと思うのか？　私が愛するのはおまえだけだ」

「で、ですが、王様にはお后様が必要で……」

「私にはもうそれは必要ない。私に必要なのは、レミンだけだ」

ローアシアに愛を捧げると誓った日から状況は変わり、シャスカとパストの子供が王位を継ぐことになった今、レミンの悩みは杞憂《きゆう》となった。

もう何も悩まなくていい。

そう思ったら、胸の痛みは泡雪のように儚《はかな》く消えていった。

「シア様……私の愛を捧げた人」

「レミン！　思い出したか！」

「はい……はい！」

さあっと霧が晴れたように、すべてが見える。

自分のすぐ横に、あんなに愛してほしいと願ったローアシアがいる喜びに、レミンは瞳を輝かせた。

そんなレミンを、ローアシアは太陽を見るように眩しげに目を細めて見つめる。

「では、またこの長椅子で愛し合おうか」

「なっ！　汚してしまっては大変だと――」

レミンが本当に自分とのことを思いだしたか、いたずらなやり方で確認するローアシアのこんな意地悪なところも愛おしいと思う。

「ここでは嫌です。思い出せたら同じベッドで眠ろうと言ってくださいましたよね」

「そうだったな」

早速約束を守ろうと、ローアシアはレミンを横抱きにしてベッドへと運ぶ。

今日は幾分乱暴に押し倒されたが、それも逸る心故と思えば嬉しい。

「レミン……おまえのすべては私のものだ」

「はい」

早くそうしてほしくて、レミンはのし掛かるローアシアの方に手を伸ばし、髪を梳くように撫でて自分の方に引き寄せる。

そうして、今度は目を閉じて口づけた。

「ん……ぅ」

見えなくても感じるほど深く、むさぼるように口内を味わわれ、レミンも舌を絡めてローアシアを味わう。息ができなくてくらくらするほど長い口づけの後、互いに競うように服を脱がせ合う。

裸になって肌をかさねれば、あるべきところに戻ったような安心感に包まれる。

「白くてなめらかで、吸い付くようだ」

「シア様……」

レミンの肌を手のひらだけでなく、唇でも舌でも味わいながら、ローアシアは首筋から胸、腹まで丹念に愛撫する。

そうして、みぞおちの下辺り、あの日のレミンが短剣を突き立てた辺りを愛おしげに手で撫で頬ずりした。

「もう……あんなことは二度とするな。大体、怪我はするなと命じていたはずだ」

怒ったように拗《す》ねたように上目遣いで見てくる、こんなローアシアは初めて見た。

「申し訳ございません」

だだっ子のようなその様が可愛くて、レミンは泣き笑いの表情で手を伸ばし身体を丸めてローアシアの頭をかき抱いた。

銀色の髪に頬ずりし、柔らかさを堪能する。

「痛っ！」

レミンに抱きしめられて少しご機嫌が直ったと思ったが、まだ駄目だったようだ。

胸の小さな突起に噛み付かれて身体がびくつく。

それでも甘んじてお仕置きを受けようと抱きしめる腕に力を込めるレミンに、ローアシアはようやく機嫌を直したのか、先ほど噛んだ乳首を癒やすように舐め、もう片方も指の腹で丹念に撫でる。

「ん……んんっ」

「レミンは、ここが一番感じやすいな。いや、ここだったか」

「あっ！」

まだ触れられていないのに、すでにしなやかな若木のような硬さに育った性器を撫でられ、身体が跳ねる。

その反応に、触れるだけでは足りないとローアシアはレミンの中心に顔を埋《うず》めて舌と唇で愛撫する。

「やぁ！　そ、それは、それは嫌だと！」

愛されているからと分かっていても、愛撫されるより愛撫させてほしい。自分がすると頼むレミンに、ローアシアは「ではこうしよう」ととんでもないことを提案した。

「シ、シア様！　これは……さっきのよりも嫌です！」

横たわるローアシアの上に乗せられ、さらに上下を逆さまにされた。

レミンは足を広げてローアシアの顔をまたぐ格好をさせられたのだ。そうして下から性器だけでなく後孔まで指と舌で解される。

「あっ、あ……駄目です！」

「駄目じゃない。それより、レミンはしてくれないのか？」

何をしろというのかと思ったが、目の前のものにすぐに気づいた。

レミンは目の前でそそり勃つローアシアの性器を、ローアシアがしてくれるよりも丹念にと口に含んで愛撫する。しようとしたが、難しかった。

「んっ、んん……んーっ！」

自分のものもローアシアに愛撫されているせいで、嬌声を上げそうになり大事なローアシアのものに歯を立ててしまいそうで怖い。

もう無理ですと振り返って涙目で訴えるレミンに、ローアシアはようやくレミンを自分の上から下ろした。

「……シア様」

「怒った顔も可愛いな」

そんなお世辞でごまかされないと思ったけれど、ふくれた頬に口づけられれば口元が緩む。

「久しぶりだから、よく解さないとな」

新しい試みもよいが今は早く繋がり合いたいと、いつもの潤滑剤を使ってまた丹念に後ろから窄まりを解され、ローアシアを中に感じる幸せに乱される。

「シア様……ああ……もっと、もっと……ほしい、です」

「分かった」

久しぶりだからと丁寧に解してくれているのは分かるが、焦《じ》らされているようで辛い。恥も外聞もかなぐり捨てて願うと、ローアシアは息を弾ませ仰向けにしたレミンの足を開かせた。

「シア様……来て」

繋がり合いやすいよう、自分から膝に手を当て大きく広げれば、ふるふると中心が揺れている様も窄まりが期待にひくついているのも見えてしまう。

それでもそうすればローアシアが喜んでくれると思えばできる。

頬どころか耳まで赤く染めて自分を誘うレミンに、ローアシアは目を細めて性急にのし掛かり、反り返るほど滾った性器をレミンの中に突き立てた。

「あっあ！　く……」

「くっ、レミン……すまない」

しっかり解されたとはいえ、久しぶりな上にローアシアのものは血管が浮き出るほどに怒張していた。

それを奥まで穿たれれば、繋がった部分は熱く、中は内臓まで押し上げられたように苦しくなる。

けれどもこれは自分が望んだもの。この愛しい人から離れることは、想像もできない。レミンはローアシアが離れていかないように、自分からローアシアに足を絡めてもっとと強請《ねだ》る。

「シア様……シア様！　もっと……もっと、きて！」

「ああ……レミン」

望めば望むだけ、浅く深く穿たれる喜びに自分も腰を揺らして応える。

ローアシアと自分の腹に擦られたレミンの性器は、もう達してしまったかと思うほどの蜜を垂らしていたが、まだ満足できない。

「シア、様ぁ……シア様っ」

「レミン！　レミン」

「シア様……んっく、シア様ぁ……」

互いに名前を呼び合い、見つめ合い、息までむさぼるほど口づけながら揺さぶられ、揺さぶり、求め合える幸せに浸った。


達した後も息がなかなか整わなかったレミンの髪を梳き、身体を清め、とローアシアはかいがいしくレミンの世話をした。

「申し訳、ございません……シア様にこのようなことを……」

「構わない。いつもレミンがしてくれているのを見て覚えた。上手いものだろう?」

得意げに言うローアシアの子供っぽい顔は、出会った頃の無表情だったローアシアからは想像もつかない。

他にどんな表情が見られるのだろう、とローアシアと過ごすこれからが楽しみになった。

身を清めてまた二人でベッドに横たわると、飽きずに互いを見つめ合う。

乱れた銀の髪をかき上げ、かつては氷のようだったが、今は優しく緩む水色の瞳を堪能する。

「シア様の瞳は、春の雪解けの色。……大好きです」

「私の凍った心を、おまえの太陽の瞳が溶かしてくれた。おまえの瞳を――おまえのすべてを愛している」

「私も！　私もローアシア様のすべてを愛しています！」

『大好き』よりも『愛している』の方が正しかったと慌てて言い直すと、ローアシアは草原を渡る風よりも爽やかに笑う。

こんなに屈託もなく笑うローアシアを独り占めできる喜びに、胸が震える。ずっと不安に痛んでいた胸が、今は幸せな喜びに震えていた。

「これからは毎朝、春の雪解けを見られるのですね」

「私は毎朝、雨の日も曇りの日も目覚めには太陽を見ることができる」

見つめ合うだけで互いに大好きなものを見ることができる喜びに、二人は顔を見合わせて笑った。

あとがき

はじめまして。もしくはルチル文庫さんでは十四回目のこんにちは。

子供の頃に家にあった世界名作文庫や日本昔話を読みふけっていたせいか、童話や昔話が大好きな金坂です。

今作を書くにあたり『白鳥の王子』『バラと指輪』『美女と野獣』『長靴をはいた猫』などいろいろ読み返して、やっぱりおもしろいなぁ、と長く読み継がれる作品の人物や構成の良さを再認識しました。


以前に日本昔話っぽい和風ファンタジーの『可愛いのも嫁のおつとめ』を書かせていただけてとても楽しかったので、洋風ファンタジーもいつか書きたいと思っていた念願が叶って嬉しいです。

がんばった人が報われて幸せになる話が好きなので、悪いことをした人以外はみんな幸せになるようにしてみました。

『可愛いのも嫁のおつとめ』ではオコジョっぽいモフモフを出しましたが、今回のモフモフ担当は黒猫にしました。猫が踊る、なんて可愛いに決まってますから。

最初ローアシアは犬派でもっと犬が出てくる設定でしたが、あまりモフモフを出したらそっちに気をとられてラブが薄くなりそうだったので、変更して書き直し。そのせいで大幅に原稿が遅れて担当さんには多大なるご迷惑をおかけしてしまい、大変申し訳なかったです。

ファンタジーには美男美女がつきものだよね！　と主要キャラを全員美形の設定にしましたが、挿絵を金ひかる先生が担当してくださるとのことで安心してお任せできました。ローアシアはクールなだけでなく色気があって、レミンは明るく可愛い！　そして一癖ありそうな踊る猫に、可憐なシャスカ姫もめちゃくちゃ可愛いーっ！　とこっちが踊り出しそうでした。

実はキャララフで挿絵にないパストの人間バージョンも描いてくださっていて、こんな素敵な絵を世に出さずにいるのは罪なのではないのか？　と担当さんと苦悩したほど格好良かったです。

金先生、素敵な幸せをありがとうございました！

ここまでお付き合いくださった皆様にも、ありがとうございました。

みんなが幸せになりますように。

二〇二二年　四月　シロバナタンポポの花咲く頃　　金坂理衣子

✦初出　猫の従者は王子の愛に溺れたい……………書き下ろし

金坂理衣子先生、金ひかる先生へのお便り、本作品に関するご意見、ご感想などは
〒151-0051 東京都渋谷区千駄ヶ谷 4-9-7
幻冬舎コミックス　ルチル文庫「猫の従者は王子の愛に溺れたい」係まで。

幻冬舎ルチル文庫

猫の従者は王子の愛に溺れたい

2022年5月20日　　第1刷発行

✦著者	金坂理衣子　かねさか りいこ
✦発行人	石原正康
✦発行元	株式会社 幻冬舎コミックス 〒151-0051 東京都渋谷区千駄ヶ谷 4-9-7 電話 03(5411)6431［編集］
✦発売元	株式会社 幻冬舎 〒151-0051 東京都渋谷区千駄ヶ谷 4-9-7 電話 03(5411)6222［営業］ 振替 00120-8-767643
✦印刷・製本所	中央精版印刷株式会社

✦検印廃止

ISBN978-4-344-85054-5　C0193　Printed in Japan